Sattel, Trense, Reiterglück

Ein Turnier für vier

© privat

Dagmar Hoßfeld wollte als Kind Tierärztin, Bäuerin oder Gestütsbesitzerin werden. Dass sie sich anders entschieden hat, hat sie ihrem Sohn zu verdanken: Als er ungefähr ein halbes Jahr alt war, bekam sie Lust, ein Kinderbuch zu schreiben. Sie setzte sich an den Schreibtisch – und hörte mit dem Schreiben einfach nicht mehr auf. Zum Glück! Mittlerweile sind viele wunderbare Kinder- und Jugendbücher von ihr erschienen.

Geboren wurde Dagmar Hoßfeld 1960 in Kiel. Heute lebt sie in einem kleinen Dorf zwischen Ostsee und Schlei und hat, wie sie selbst sagt, den schönsten Beruf der Welt: Autorin.

Dagmar Hoßfeld

Sattel, Trense, Reiterglück

Ein Turnier für vier

CARLSEN

Sonderausgabe
Veröffentlicht im Carlsen Verlag
März 2018

Überarbeitete Ausgabe des Titels »Vier Freunde im Galopp« (2006)
Umschlaggestaltung: formlabor
Umschlagfotografien: shutterstock.com © ariait (Pferd) /
Mega Pixel (Schleife) / K-i-T (Margerite)
Corporate Design Taschenbuch: bell étage
ISBN: 978-3-551-31717-9

Hallo, liebe Pferdefans!

Früher war ich total pferdeverrückt. Jede freie Minute habe ich im Stall verbracht, Pferde und Ponys gestriegelt, Boxen ausgemistet und unzählige Hufe ausgekratzt. Geritten bin ich natürlich auch. Allerdings war mir der Umgang mit den Pferden immer wichtiger als tolle Dressurkunststücke und Siegerschleifen. Einmal habe ich sogar die Schule geschwänzt, weil ich lieber bei meinem Lieblingspferd sein wollte. Das hat Riesenärger gegeben. Also nicht nachmachen!
Als Kind und junges Mädchen habe ich ungefähr eine Million Pferdebücher gelesen. Als ich erwachsen war, wollte ich dann selbst welche schreiben und bin bis heute dabei geblieben. Ich liebe es, Geschichten über Pferde und Ponys zu erzählen. Hin und wieder verstecke ich sogar eigene Erlebnisse in den Büchern. Welche das sind, verrate ich aber nicht. ;-)

Viel Spaß beim Lesen und liebe Grüße

Eure Dagmar Hoßfeld

Hausaufgaben im Pferdestall fördern das Denkvermögen

Der Reiterhof Brombeerhain lag wie hingetupft in der Landschaft. Ringsherum nichts als sanfte Hügel, Wiesen und Felder, ein kleiner Wald und ein schilfbewachsener Teich, auf dem zwei Wildenten dümpelten.

In der Nacht zuvor hatte es heftig geregnet. In den Pfützen spiegelte sich die Sonne, die es ab und zu schaffte, zwischen den letzten Regenwolken hervorzuschauen.

Eine Spatzenfamilie hüpfte über den Hof. Die Federknäuel balgten sich um ein paar verlorene Haferkörner und tschilpten dabei vergnügt. Als die Tür des Wohnhauses geöffnet wurde, flatterten sie in alle Richtungen davon.

„Nanu? Was ist das?“

Zusammen mit einer Reiterzeitschrift und einigen Briefen, die verdächtig nach Rechnungen aussahen, zog Sven Stapenbeck, der Besitzer des Hofes, einen großen blauen Umschlag aus der Mailbox neben der Haustür und betrachtete ihn nachdenklich. Absender war der Reit- und Fahrverein Buchenhof, wie ein Stempel auf der Rückseite verriet. Adressiert war er an Emily, Marie, Benni und Luca vom Reiterhof Brombeerhain.

Die Miene des jungen Reitlehrers hellte sich auf. Er stopfte die Rechnungen zurück in den Briefkasten, wo sie seiner Meinung nach hingehörten, klemmte sich den blauen Brief und die Zeitschrift unter den Arm und lief damit quer über den Hofplatz in Richtung Pferdeställe. Als er in eine Pfütze trat, fluchte er leise.

Vor einem Stallgebäude standen vier Pferde nebeneinander; ein Schimmel, ein Schecke, ein Fuchs und ein Rappe. Ihr Fell glänzte wie frisch poliert. Die Mähnen und Schweife schimmerten. Die Pferde trugen Halfter und waren an einer langen Stange angebunden. Sie wandten Sven die Köpfe zu, als sie seine Schritte hörten. Eins von ihnen, eine hübsche Grauschimmelstute mit auffälliger Apfelzeichnung auf der Kruppe, wieherte hell.

Sven trat auf die Stute zu und zauste ihr durch die Mähne. Möwe schob ihr Maul in seine Hemdtasche und suchte nach einem Leckerli. Sven lächelte.
„Wo stecken denn eure Menschen? Lassen die euch etwa ganz allein hier draußen stehen?"
Wie auf Kommando wurde die Stalltür aufgerissen und ein strohblonder Junge schob seinen Kopf hinaus.
„Hi, Sven!"
„Hallo, Benni." Sven runzelte die Stirn. „Wo sind die anderen? Ihr seid doch sonst nur im Viererpack zu haben."
„Die machen nur noch schnell ihre Hausaufgaben fertig", antwortete Benni mit einem Grinsen. Er sprang ins Freie und tätschelte Möwe die Schulter.
Sven starrte ihn entgeistert an.
„Emily, Marie und Luca machen ihre Hausaufgaben im Stall?"
„Klar, warum nicht?", erwiderte Benni ungerührt. „Da drinnen können die sich am besten konzentrieren. Wahrscheinlich hängt das mit dem Geruch zusammen, der speziellen Atmosphäre und so. Außerdem fördern Hausaufgaben im Pferdestall das Denkvermögen. Weiß doch jeder."
Sein Reitlehrer schüttelte den Kopf. „Dann pass du we-

nigstens auf die Pferde auf. Ihr wisst genau, dass sie nicht unbeaufsichtigt sein sollen, wenn sie angebunden sind."
„Klaro", meinte Benni. „Ich bin mit meinen Aufgaben sowieso schon fertig. Die letzten Vokabeln lern ich später zu Hause."
„Wie beruhigend!" Sven schüttelte noch einmal den Kopf. Er drehte sich schon um, als ihm der Briefumschlag einfiel, der immer noch unter seinem Arm steckte. Er reichte ihn Benni. „Hier ist Post für euch."
„Cool!" Benni nahm den Brief und betrachtete ihn von allen Seiten. „Was da wohl drin ist?"
„Mach ihn auf, dann weißt du's", schlug Sven vor. „Wir sehen uns gleich in der Reithalle. Das Außenviereck ist noch zu nass. Sag auch den anderen Bescheid. Nicht, dass die den Rest der Aufgaben im Sattel machen. Zuzutrauen wär's ihnen."
Er winkte mit der Pferdezeitschrift und verschwand.
Benni hielt den Briefumschlag ins Gegenlicht und schüttelte ihn vorsichtig.
„Uah! Bombenalarm!" Luca, ein sportlicher Junge mit kurzen schwarzen Haaren, hechtete aus dem Stall und sprang mit einem Satz hinter eine Schubkarre. „Wirf ihn weg! Das Ding kann jeden Moment hochgehen!"

Zwei Mädchen standen in der Stalltür und sahen sich an. „Was soll das denn werden?", fragte Emily, die kleinere der beiden. Sie war blond und zierlich und seit einiger Zeit Bennis Freundin. „Eine James-Bond-Parodie?"
Neben ihr schüttelte Lucas Freundin Marie ihre kastanienbraunen Locken.
„Bei den beiden weiß man das nie so genau."
„Da hast du Recht", stimmte Emily ihr zu.
Emily, Marie, Benni und Luca waren nicht nur miteinander befreundet, sie gingen auch zusammen in eine Klasse. Nach der Schule verbrachten sie jede freie Minute bei ihren Pferden. Für sie war der Brombeerhain fast so etwas wie ein zweites Zuhause. Sie fühlten sich hier einfach pudelwohl.
„Achtung, feindliche Agentinnen im Anmarsch!" Benni versteckte sich hinter Lucas Schecken Bonito, der erschrocken zur Seite trat, und benutzte sein Handy als Sprechfunkgerät.
Luca machte es ihm nach.
„Machen wir sie unschädlich", zischte er in sein Handy.
„Nee, warte, zuerst die Bombe!"
„Schon erledigt!" Benni hielt den ramponierten Briefumschlag über den Rücken des Pferdes und wedelte

damit. Bonito trippelte von einem Huf auf den anderen und schnaubte.
Luca krabbelte hinter der Schubkarre hervor. Er schenkte Emily und Marie ein strahlendes Lächeln. „Na, wie waren wir?"
„Blöd wie immer", sagte Marie trocken. „Aber was ist das für ein Brief?"
Sie schob sich zwischen den Pferdeleibern hindurch und nahm Benni den Umschlag aus der Hand.
„Hey, der ist für uns alle! Mach auf!" Emily linste ihrer Freundin über die Schulter.
Marie riss den Umschlag vorsichtig auf und zog ein paar bunte Karten und ein Notizblatt heraus. Sie faltete den Zettel auseinander und überflog ihn.
„Der Brief ist von Vanessa. Das sind Eintrittskarten für ein Reitturnier."
„Zeig her!" Luca griff nach dem Brief.
Marie reichte ihm den Umschlag und die Karten und las den Zettel laut vor.
„Hi, ihr vier! Am 10. August findet hier auf dem Buchenhof ein Reitturnier statt. Ich schicke euch einen Schwung Ehrenkarten. Wäre cool, wenn ihr kommen könntet. Ciao Vanessa. PS: Viele Grüße von Misty und Stern-

schnuppe. Sie würden sich freuen, wenn sie euch mal wiedersehen würden."

„Das ist ja süß!", freute sich Emily.

Vanessa war eine frühere Reiterfreundin. Sie war schon sechzehn, zwei Jahre älter als Marie, Emily, Luca und Benni. Sie war erst vor kurzem umgezogen und ritt jetzt auf dem Buchenhof. Dort hatte sie gerade das silberne Jugendreitabzeichen gemacht. Die vier Freunde mochten sie und bewunderten sie außerdem für ihr Talent und ihren Pferdeverstand.

Luca nahm Marie die Eintrittskarten aus der Hand und beäugte sie von allen Seiten. Seine Miene war beeindruckt, als er das Wort EHRENKARTE entdeckte.

„Nicht schlecht", meinte er.

„Wie weit ist es von hier bis zum Buchenhof?", fragte Emily. Sie kraulte ihren Rappen unter dem Stirnschopf. Toffy brummelte genüsslich.

„Ungefähr 'ne halbe Stunde", erwiderte Benni. „Mit dem Fahrrad ein bisschen länger. Vielleicht 'ne Stunde."

„Und mit den Pferden?" Marie klopfte ihrem Fuchswallach den Hals. Zum Dank rieb Robbie seinen Kopf an ihrer Schulter. Marie musterte ihre Freunde. „Wär doch cool, wenn wir hinreiten könnten, oder?"

Luca zögerte. „Wir sind Ehrengäste. Das heißt, wir haben reservierte Plätze."
„Na und?" Marie zuckte mit den Schultern.
„Unsere Pferde würden da nur rumstehen und sich langweilen", antwortete Luca. „Wir müssten sie irgendwo anbinden und den ganzen Tag sich selbst überlassen."
Emily und Benni nickten zustimmend.
„Ich glaub, das ist keine gute Idee", sagte Emily.
„Wahrscheinlich habt ihr Recht." Marie zog eine Schnute. „Trotzdem schade …"
„Aber eine ganze Stunde mit den Rädern? Hin und zurück?" Emily stöhnte auf. „Dann müssen wir ja schon im Morgengrauen losfahren, um einigermaßen pünktlich da zu sein! Ich glaub, ich frag lieber meine Mutter, ob sie uns nicht fahren kann."
„Vielleicht kann mein Vater die Rückfahrt übernehmen", nickte Luca.
„Super! Endlich sehen wir Vanessa wieder", jubelte Marie.
„Und ihre Pferde", fügte Emily hinzu. „Ob Misty und Sternschnuppe uns überhaupt noch erkennen?"
Als Vanessa den Verein gewechselt hat, hatte sie ihre beiden Pferde mitgenommen. Und das, obwohl Marie,

Emily, Benni und Luca an jedem einzelnen Pferd des Brombeerhains hingen, als wäre es ihr persönliches Eigentum. Misty war ein erfolgreiches Turnierpferd. Natürlich wollte Vanessa sie nicht zurücklassen.
„Klar“, meinte Luca und band seinen Schecken Bonito los. „Pferde haben ein phänomenales Gedächtnis.“
Benni löste Möwes Anbindestrick und gab ihr einen leichten Klaps auf den Hals. „Wir werden's ja sehen“, murmelte er.
„Auf jeden Fall ist es echt cool von Vanessa, dass sie uns nicht vergessen hat“, sagte Emily. „Und jetzt lädt sie uns sogar zu einem Turnier ein. Ist doch klasse!“
Marie stimmte ihr uneingeschränkt zu. Als sie einen Blick auf ihre Uhr warf, zuckte sie leicht zusammen. „Ich glaub, wir müssen uns beeilen. Wenn wir Sven warten lassen, wird er sauer.“

Wenig später saßen die vier in den Sätteln ihrer Pferde und sortierten die Zügel. Sven schritt die Abteilung ab. Neben Emily, Marie, Luca und Benni hatten sich noch vier weitere Reitschüler mit ihren Pferden ein-

gefunden und in der Mitte der Reithalle Aufstellung genommen.
Der Reitlehrer ging zu jedem einzelnen und achtete dabei auf jede Kleinigkeit. Ihm entging einfach nichts. Weder eine winzige Klette im Schweif eines Pferdes noch ein verdrehter Gurt. Er ließ die Steigbügel entweder kürzer oder länger schnallen, drückte ein Knie an die Sattelpauschen, schloss eine Schnalle an einem Zaumzeug und korrigierte den Sitz seiner Schüler. Als er endlich zufrieden war, gab er das Kommando zum Schritt am langen Zügel.
„Reitet eure Pferde schön warm. Zuerst im Schritt, dann im Trab. Reitet durcheinander, versammelt sie anschließend und wechselt auch mal die Hand. Ich möchte lockere, entspannte Pferde sehen. Vorher wird nicht gesprungen."
„Alles klaro!" Luca legte die Schenkel an. Sein Schecke setzte sich sofort in Bewegung. „Mein Bonito ist komplett tiefenentspannt!"
Wie zur Bestätigung machte Bonito einen fröhlichen Buckler, der Luca aber nicht im Geringsten aus der Fassung brachte. Im Gegenteil, er grinste von einem Ohr zum anderen und achtete dabei absichtlich nicht auf den genervten Blick seines Reitlehrers.

„Ich habe Schritt und Trab gesagt!“, rief Sven ihm zu. „Von Rodeo war nicht die Rede!“

Luca zog den Kopf ein und grinste weiter, aber wenigstens parierte er Bonito zum versammelten Trab durch.

Sven Stapenbeck schüttelte den Kopf und seufzte. Die meisten seiner Reitschüler waren mit ihren Pferden auf Ausritten schon mal über quer liegende Baumstämme und schmale Gräben gesprungen, aber mit dem Springen in der Halle war das nicht zu vergleichen. Er hatte deshalb vor kurzem einen Springkurs eingerichtet, in dem er Grundlagen, Stil und Sicherheit vermitteln wollte. Heute fand die dritte Unterrichtsstunde statt.

„Reitet ja nicht in die Ecken!“, rief er, als Benni und Luca den Hufschlag großzügig abrundeten.

„Wieso nicht?“, rief Benni zurück.

„Da hab ich Radieschen gepflanzt!“, antwortete Sven todernst.

„Echt jetzt?“, fragte Luca.

„Natürlich nicht!“ Sven stöhnte auf.

Emily und Marie kicherten über den Witz und ritten mit ihren Pferden die Ecken besonders sauber aus. Die Gesichter der Jungs waren einfach zu schön!

Sven schob jetzt ein paar Cavaletti in die Bahn: lange

Hindernisstangen, die an beiden Enden an stabilen Holzkreuzen befestigt waren. Durch Drehen dieser Kreuze konnte er die Höhe der Stangen beliebig verändern.
Zuerst legte er die Cavaletti so hin, dass die Stangen direkt auf dem Boden lagen. Das war die niedrigste Stufe.
„Lasst eure Pferde im Schritt drübergehen“, wandte er sich an die Abteilung. „Gebt in den Zügeln nach, damit sie die Hälse lang machen und die Stangen sehen können. Aber vergesst dabei das Treiben nicht. Die Pferde sollen nicht schlurfen, sondern lernen, die Hufe zu heben.“
„Das können Bonito und ich im Halbschlaf!“ Luca verdrehte die Augen.
„Luca!“, rief Sven, der die Bemerkung gehört hatte. „Du fängst an!“
Luca ließ Bonito über die am Boden liegenden Stangen gehen und stützte dabei die Fäuste links und rechts leicht am Mähnenkamm ab; genau so, wie Sven es angeordnet hatte. Der Schecke machte seinen Hals lang und hob aufmerksam die Hufe. Nicht ein einziges Mal stieß er gegen die Stangen.
„Perfekt!“, rief Sven. „So will ich das sehen! Du raubst mir zwar manchmal den letzten Nerv, aber das war wirklich gut. Ihr anderen macht es bitte genauso schön.“

Nacheinander gingen die Pferde nun über die Cavaletti. Der Reitlehrer war zufrieden. Er ließ die Abteilung antraben und im versammelten Tempo mit großen Abständen hintereinander über die Bodenstangen gehen. Dann erhöhte er die Cavaletti durch eine halbe Drehung an den Kreuzen und schob sie noch etwas enger zusammen. Dabei ließ er die Abteilung nicht aus den Augen.

„Emily, leichter Sitz!“, rief er und: „Benni, nimm die Hände runter! Du störst Möwe im Maul! Marie, wechselt dein Pferd die Farbe oder warum guckst du die ganze Zeit nach unten? Kopf hoch, Rücken gerade!“

Marie hob das Kinn und korrigierte ihren Sitz.

Sven nickte ihr zu.

In der Halle herrschte konzentriertes Schweigen. Die einzigen Geräusche kamen von den Pferden. Sie schnaubten und prusteten, je gelöster sie wurden. Hin und wieder klingelte ein Trensenring, ein Sattel knirschte oder ein Steigbügel schlug gegen die Bande.

Die Spatzen, die vorher auf dem Hof herumgehüpft waren, saßen jetzt hoch oben auf einem Dachbalken und tschilpten, während sie ihre Köpfe hin und her drehten und die Reiter neugierig beobachteten.

Hin und wieder rief Sven der Abteilung ein Kommando zu. Er ließ sie auf dem Zirkel gehen, einzelne Volten und Schlangenlinien zwischen den Cavaletti reiten und durch die ganze oder halbe Bahn wechseln.
Schon bald waren die Wangen der Mädchen und Jungen gerötet und die Hälse der Pferde schön gebogen. Von Robbies Maul tropften Schaumflocken auf seine Brust. Marie sprach leise mit ihm und lobte ihn, wenn er ihren Hilfen besonders aufmerksam folgte.
Die Reitstunde verging wie im Flug. Sven schaute auf die große Uhr, die an der Stirnseite der Halle hing, und gab das Kommando zum Aufmarschieren. „Das war's für heute! Lobt eure Pferde, sitzt ab und versorgt sie. Nächste Woche um dieselbe Zeit geht's weiter."
„Können wir zum Abschluss nicht mal richtig springen?" Luca blieb im Sattel sitzen, während die anderen schon absaßen. „So richtig im Galopp über ein anständiges Hindernis? Dieses ewige Cavaletti-Gehopse ist doch öde!"
Sven Stapenbeck hob eine Augenbraue.
„Das öde Cavaletti-Gehopse, wie du es nennst, ist die Grundlage des Springens", erwiderte er. „Es hilft euren Pferden, die richtige Balance zu finden. Und euch dient

es dazu, euren Stil für das Springen in einem Parcours zu verfeinern und sicherer zu werden. Es gibt keine Extrawürste. Ohne Bodenarbeit kein Hindernisspringen."

Er wandte sich halb um und ergänzte: „Auf dem Buchenhof-Turnier sind ein paar richtig gute Reiter am Start. Vanessa zum Beispiel. Sie springt schon seit vielen Jahren mit großem Erfolg. Frag sie doch mal, wie sie so erfolgreich geworden ist. Ich bin ziemlich sicher, dass sie dir erzählen wird, dass es mit ganz viel Bodenarbeit zu tun hat."

Luca schrumpfte im Sattel und murmelte etwas, das wie „Ja, okay. Hab's kapiert" klang.

Sven nickte ihm zu und verließ dann mit langen Schritten die Reithalle.

Natürlich hatten Emily, Marie, Luca und Benni ihm vor der Springstunde von Vanessas Einladung erzählt.

„Super", hatte Sven gemeint. „Da könnt ihr bestimmt viel lernen. Werft auch mal einen Blick hinter die Kulissen. Da steckt eine Menge Arbeit dahinter."

Als der Reitlehrer verschwunden war, ließ Luca sich von Bonitos Rücken gleiten und klopfte seinem Pferd den Hals.

„Mann, wir sind schon über Baumstämme gesprungen,

die höher waren als ein Shetlandpony“, brummte er in Bennis Richtung. „Das Leben ist echt zu kurz, um immer nur Schritt und Trab zu reiten!“

Benni zuckte mit den Schultern und löste Möwes Sattelgurt.

„Ich find’s eigentlich ganz in Ordnung, dass wir alles von Grund auf lernen.“

„Wenn’s dir zu langweilig ist, hör doch mit dem Springtraining auf“, zischte Marie Luca zu. „Ich kann gut auf deine große Klappe verzichten!“

Marie war zwar seit über einem halben Jahr Lucas feste Freundin, aber mit ihren kleinen Sticheleien brachte sie ihn immer noch zur Weißglut. Sie warf ihm einen giftigen Blick zu, griff in Robbies Zügel und führte den Wallach aus der Bahn.

Luca stöhnte auf. „Jetzt fängt die auch noch an rumzuzicken! Heute ist anscheinend nicht mein Glückstag.“

Emily kicherte leise. „Hihi, da könntest du Recht haben. Ich an deiner Stelle würde mal darüber nachdenken, was du falsch machst. – Na komm, Toffy“, sagte sie fröhlich zu ihrem Pferd. „Für heute ist Feierabend.“

Pferde, die sich Müsli zubereiten, sind etwas ganz Besonderes

Nachdem sie ihre Pferde abgezäumt und abgesattelt, sie trocken gerieben und ihnen zum Schluss noch die Hufe ausgekratzt hatten, führten Emily, Marie, Luca und Benni die Vierbeiner auf die Weide und lösten dort die Halfter.

Bonito und sein Freund Toffy jagten sofort wild buckelnd davon. Es sah aus, als wären sie froh, Sättel und Reiter endlich los zu sein. Erst nach ein paar übermütigen Runden hatten sie genug und fingen an, Seite an Seite zu grasen.

Möwe und Robbie bummelten inzwischen gemächlich zu einer halbwegs trockenen Sandkuhle und wälzten sich hingebungsvoll, bevor sie sich ebenfalls über das Gras hermachten.

„Habt ihr noch ein bisschen Zeit?“, fragte Emily, nachdem sie und ihre Freunde den Pferden ein Weilchen zugesehen hatten.

„Klar“, erwiderte Luca, der genau wusste, worauf sie hinauswollte. „Lasst uns noch zu den Haflingern gehen!“

Die Pferdefreunde schlenderten zu einer abseits gelegenen Koppel hinter der dichten Brombeerhecke, die den Reiterhof umgab und der er seinen Namen verdankte.

Melanie, ein gleichaltriges Mädchen aus dem Springkurs, schloss sich ihnen an.

„Ihr habt's echt gut, wisst ihr das eigentlich?“, fragte sie. „Vier Pflegefohlen ganz für euch allein – zusätzlich zu euren eigenen Pferden! Jeden Tag dürft ihr euch um sie kümmern. Ich finde das ganz schön ungerecht.“

Im Vorbeilaufen rupfte sie einen langen Grashalm aus und zupfte daran herum.

„Hey, Moment mal!“, sagte Luca. „Herr Neelsen hat uns gefragt, ob wir uns um die Haflinger kümmern wollen, bis sie alt genug sind, um in seiner Försterei zu arbeiten. Dafür können wir doch nichts!“

Melanie zuckte zusammen. „War nicht böse gemeint“, murmelte sie und warf den zerfaserten Grashalm weg. Fast trotzig hob sie dann den Kopf. „Trotzdem beneide ich euch. Das geb ich zu.“

„Wir hatten einfach Glück, dass Herr Neelsen zufällig uns gefragt hat“, antwortete Emily, während ihr Blick über die sanften Hügel der Fohlenweide wanderte. „Ich kann's ja manchmal selbst kaum fassen, dass wir uns um seine Pferde kümmern dürfen.“

Benni gab Melanie einen Stups mit dem Ellbogen. „Guck mal da rüber.“ Er zeigte zur benachbarten Koppel, wo neben zwei stämmigen Stuten zwei sehr kleine dunkle Fohlen im Gras lagen und schliefen. „Teklas und Josies Fohlen sind erst ein paar Tage alt. Aber wer weiß, vielleicht darfst du dich später um eins der Kleinen kümmern.“

Melanie riss die Augen auf. „Ich? Im Ernst? Das wär einfach genial!“ Sie verstummte und senkte den Blick. „Aber leider versteh ich überhaupt nichts von Fohlen. Ich weiß gar nicht, wie man richtig mit ihnen umgeht. Nie im Leben wird Sven mir das erlauben.“

„Blödsinn!“ Luca kletterte schon über den Lattenzaun. Mitten in der Bewegung hielt er inne und grinste. „Wir hatten zuerst auch keinen Schimmer von jungen

Pferden. Aber das kann man lernen. Sven hilft dir bestimmt. Und wir auch." Er hob das Bein über den Zaun und landete auf der anderen Seite.

Melanie blieb am Gatter stehen und betrachtete nachdenklich die schlafenden Fohlen.

„Gut, ich mach's", sagte sie schließlich entschlossen. „Ich frag Sven, ob ich ein Pflegefohlen bekomme. Mehr als Nein sagen kann er schließlich nicht."

„Stimmt", erwiderte Luca immer noch grinsend. „Aber leider benutzt der dieses eine kleine Wort ziemlich oft." Er schlug sich auf den Oberschenkel und lachte über seine eigene Bemerkung.

„Du bist echt so ein Blödmann!" Marie war ihm über den Zaun gefolgt und knuffte ihm zwischen die Rippen. „Tu doch nicht immer so, als hättest du den Durchblick!" Es gab ein kurzes Geplänkel zwischen den beiden, bis Melanie sich einmischte.

„Sorry, Leute. Ich muss los. Ciao, bis zum nächsten Mal." Sie drehte sich um und stapfte davon.

Die Freunde sahen ihr hinterher und wechselten anschließend einen Blick. Emily zuckte mit den Schultern. „Ich mag sie", sagte sie. „Auch wenn sie manchmal komisch ist."

Als Melanie hinter einer Wegbiegung verschwunden war, machten sich Emily, Marie, Luca und Benni auf den Weg, um die Fohlen zu suchen. Die vier Haflinger waren schon fast Jährlinge und bereits eine ganze Zeit lang von ihren Mutterstuten entwöhnt. Sie führten ein wildes und freies Leben auf ihrer eigenen Weide.
Manchmal war es gar nicht so einfach, sie aufzuspüren. Die Koppel war groß, hatte einige Senken und verlief in einem weiten Bogen noch ein ganzes Stück hinter dem Wald entlang, der zu Robert Neelsens Försterei gehörte. Außerdem hatten die vier großen Spaß daran, sich zu verstecken und ihre zweibeinigen Pfleger zu veräppeln.
Es dauerte eine ganze Weile, bis Emily, Marie, Luca und Benni die hübschen Füchse mit den blonden Mähnen am äußersten Ende der Weide entdeckten.
„Da sind sie ja!“, riefen Emily und Marie gleichzeitig.
„Ja, aber da ist jemand bei ihnen“, bemerkte Luca. Er zog die Stirn kraus. „Was macht der Typ da?“
Langsam gingen sie näher. Tatsächlich, da kniete ein Mann im Gras neben der Tränke. Er trug einen verwaschenen Overall, hatte eine Basecap auf dem Kopf und einen großen Werkzeugkoffer bei sich. Er war völlig damit beschäftigt, zu arbeiten und sich gleichzeitig die

neugierigen Pferde vom Hals zu halten. Auf die vier Freunde achtete er überhaupt nicht.
„Himmel noch mal!“, schimpfte er und schob eine Pferdenase beiseite. Als er Emily, Marie, Luca und Benni bemerkte, ließ er vor Schreck einen Schraubenschlüssel fallen. Die Freunde lachten.
„Hey, Robert! Was machst du da?“ Luca prustete.
„Siehst du doch: Er lässt sich vom Förster zum Pferdeflüsterer umschulen“, grinste Benni.
„Haha, witzig! Ich lache später.“ Der junge Förster richtete sich zu seiner vollen Größe auf und seufzte. Mirabello, der Anführer der Jährlingsgruppe, nutzte die Gelegenheit, um den Inhalt der Werkzeugtasche zu inspizieren, und knabberte prüfend auf dem Gummigriff eines Hammers herum.
„Mirabello“, brummte Herr Neelsen warnend. „Ich sag's dir jetzt zum letzten Mal: Dieses Werkzeug gehört mir! Wenn du etwas zu reparieren hast, kauf dir selbst welches.“
Er drängte den stämmigen Fuchs mit der Schulter weg und wurde dabei von hinten zärtlich von einer hellen Stute angestupst. „Oh nein, Honigschweif! Bitte fang du nicht auch noch an!“

„Wir helfen dir", sagte Emily rasch. Sie legte Honigschweif einen Arm um den Hals, schob sie vorsichtig zur Seite und lockte anschließend Mirabello mit einer Handvoll Gras aus der Gefahrenzone. Die anderen halfen ihr.

„Gut, dass ihr da seid", schnaufte Robert. „Ich versuche seit zwei Stunden, die Selbsttränke zu reparieren, aber ständig krabbelt mir eins dieser Biester zwischen den Beinen herum. Oder sie versuchen, mir mein teures Werkzeug zu klauen!" Er warf Mirabello einen finsteren Blick zu.

„Sie sind einfach nur neugierig." Marie lächelte, während sie Feenfell den Hals kraulte. Sie fand es ein bisschen gemein, die Fohlen als Biester zu bezeichnen. Allerdings wusste sie auch, dass Herr Neelsen es nicht besonders ernst meinte.

Tatsächlich grinste er und wischte sich den Schweiß von der Stirn.

„Sie sind nicht nur neugierig", sagte er, „sie verstopfen auch noch mit schöner Regelmäßigkeit ihre Tränke. Jeden Morgen fische ich Gras, Gänseblümchen und Löwenzahnblätter heraus, nur damit es am nächsten Tag wieder genauso aussieht!"

„Es sind eben ganz besondere Pferde. Bestimmt wollen sie sich einen Salat machen", meinte Benni.
„Oder ein leckeres Müsli mit vielen frischen Vitaminen", schlug Luca vor.
„Ihr habt's genauso faustdick hinter den Löffeln wie diese vier." Robert Neelsen lachte. „Macht euch ruhig über mich lustig!"
„Im Leben nicht!", erwiderte Luca mit Unschuldsmiene. „Das würden wir uns nie erlauben."
Alle lachten, als plötzlich eine Autohupe ertönte.
„Das ist garantiert meine Mutter", sagte Luca. „Sorry, wir müssen dich mit den Monstern alleine lassen. Wir werden abgeholt."
„Ich kümmere mich um die Fohlen." Sven hatte sich der Gruppe genähert. „Deine Mutter trommelt schon seit fünf Minuten mit den Fingern auf dem Lenkrad herum, Luca. Sie sagt, sie hat noch einen Termin."
„Oha, dann sollten wir uns beeilen." Luca drehte sich um und lief schon los. „Meine Ma wird ziemlich ätzend, wenn man sie warten lässt."
„Bis morgen!", rief Sven ihnen hinterher. „Und erledigt eure Hausaufgaben bitte zu Hause und nicht wieder im Stall!"

Pferde, Jungs und Hindernisse

Die Frühlingssonne strahlte von einem freundlichen Schäfchenwolkenhimmel, als die vier sich am Morgen des Turniers zum Frühstück bei Emilys Eltern trafen. Der Regen hatte sich endgültig verzogen und warmem und trockenem Wetter Platz gemacht.

„Hoffentlich hält das prima Klima", mümmelte Luca, während er herzhaft in sein Honigbrötchen biss. „Zu einem Turnier gehört einfach Sonne, sonst ist das nichts."

„Es gibt aber auch Hallenreitturniere", gab Marie zu bedenken, „da spielt das Wetter keine Rolle. Außerdem spricht man nicht mit vollem Mund", setzte sie spitz hinzu.

„Das ist überhaupt nicht zu vergleichen", brummte Luca ungerührt zurück.

„Ach, du bist wohl ein richtiger Turnierexperte, was?" Marie zog die Augenbrauen zusammen.
„Klar", entgegnete Luca. Er betrachtete Marie mit zusammengekniffenen Lippen. „War mal wieder Schminke in der Pferdezeitschrift oder warum sind deine Augen heute so blau?"
„Das ist Lidschatten!", fauchte Marie.
„Bisschen viel, oder?" Luca rümpfte die Nase. Er konnte es nicht ausstehen, wenn Marie sich schminkte.
Marie griff in ihre Tasche und holte einen kleinen Spiegel heraus, den sie sich vor die Nase hielt. Sie betrachtete sich von allen Seiten und war mit dem Ergebnis zufrieden.
„Mir gefällt's", sagte sie nach einer Weile und klappte den Spiegel wieder zu. „Schließlich ist heute ein besonderer Tag!"
Emily und Benni warfen sich einen Blick zu und seufzten vernehmlich.
„Könnt ihr mir einen Gefallen tun und versuchen, euch wenigstens heute zu vertragen?", bat Benni.
Emily nickte und nahm sich noch ein Brötchen aus dem Korb, den ihre Mutter in regelmäßigen Abständen neu füllte. „Ja, echt! Reißt euch ein bisschen zusammen", sagte sie. „Oder geht euch einfach aus dem Weg."

„Was willst du damit andeuten?“, erkundigte sich Marie.
„Dass euer ewiges Gezanke nervt“, erwiderte Emily ehrlich und biss krachend in ihr Brötchen. „Und dass Benni und ich keine Lust haben, uns von euch den schönen Tag verderben zu lassen.“
Benni grinste. Er bemerkte, dass Luca einen erstaunten Ausdruck im Gesicht hatte und nach den richtigen Worten suchte.
„Ist es wirklich so schlimm?“, fragte Luca schließlich.
„Ja!“, lautete die einstimmige Antwort von Emily und Benni.
Emilys Mutter kam aus der Küche.
„Habt ihr alles, was ihr braucht?“, erkundigte sie sich. Als die vier Freunde nickten, sagte sie: „Dann sollten wir langsam aufbrechen. Seht zu, dass ihr fertig werdet, ja?“
Emily und Marie sprangen auf und verschwanden im Bad, um sich die Hände zu waschen und den Sitz ihrer Frisuren zu überprüfen. Vor dem Frühstück hatten sie sich gegenseitig Bauernzöpfe in die Haare geflochten, die zwar schrecklich ziepten, aber sehr süß aussahen und perfekt zum festlichen Anlass des Tages passten.
„Luca geht mir echt auf den Keks“, murrte Marie, während sie vor dem Spiegel eine Grimasse zog. „Immer

dieses Gemäkel, wenn ich mich mal ein bisschen schminke. Und dann seine alberne Wichtigtuerei! Egal, um was es geht: Luca hat immer Recht. Immer bestimmt er, wo's langgeht. Ständig macht er einen auf Oberboss." Sie schnaubte vor Wut.

Emily riss die Augen auf. „Aber ich dachte, du magst ihn. Er ist doch dein Freund."

„Aber nicht mehr lange, wenn er so weitermacht!" Marie hockte sich auf den Badewannenrand. „Kannst du dir vorstellen, wie anstrengend es ist, mit einem Typen zusammen zu sein, der so von sich überzeugt ist wie Luca?" Sie schüttelte den Kopf. „Nee, das kannst du bestimmt nicht. Benni ist schließlich ganz anders."

„Emily, Marie, kommt ihr?", rief Emilys Mutter durch die geschlossene Badezimmertür. „Wir gehen schon zum Auto!"

„Wir kommen gleich!", rief Emily zurück.

Sie wandte sich wieder an Marie. „Klar übertreibt Luca es manchmal. Aber so schlimm ist das doch auch wieder nicht, oder? Wir kennen ihn doch gar nicht anders."

„Leider", murmelte Marie und fügte nach kurzem Zögern hinzu: „Vielleicht bin ich auch einfach zu empfindlich. Keine Ahnung, was im Moment mit mir los ist.

Manchmal wünsche ich mir, dass Luca mal einen auf den Deckel kriegt. Damit er wieder runterkommt, verstehst du? Ein kleiner Denkzettel könnte ihm nicht schaden."

„Mhm", machte Emily, obwohl sie eigentlich nicht so recht wusste, worauf die Freundin hinauswollte.

„Genug gequatscht!" Marie schloss die Badezimmertür auf. „Heute können wir Luca sowieso nicht mehr ändern. Oder denkst du, wir können ihn irgendwo unterwegs umtauschen?"

„Wahrscheinlich nicht", grinste Emily. „Außerdem nimmt den eh keiner. Nicht mal als Sonderangebot."

Kichernd verließen sie das Bad und hüpften die Treppe hinunter und zur Tür hinaus.

In der Einfahrt stand der Familienkombi mit offenen Türen und laufendem Motor.

„Mann, das hat ja ewig gedauert!" Luca knirschte mit den Zähnen, als die Mädchen zu Benni auf die Rückbank rutschten. „Wenn wir zu spät kommen, seid ihr schuld!"

„Hast du ein Problem?", zischte Marie und schlug die Tür zu.

„Nö“, erwiderte Luca. „Du vielleicht?“

Marie registrierte, dass Luca ganz selbstverständlich auf dem Beifahrersitz neben Emilys Mutter thronte und sich gerade anbot, ihr den richtigen Weg zu zeigen.

„Ich hab einen besseren Orientierungssinn als jedes Navi“, flötete er Emilys Mutter zu. „Ich sag Ihnen, wie Sie fahren müssen.“

Emilys Mutter hob die Augenbrauen.

Emily kicherte.

Marie zischte kaum hörbar: „Ja, klar. Der Boss sitzt vorne. Der Boss kennt den Weg. Alles wie immer.“

„Ist was?“, erkundigte sich Benni belustigt.

„Nee, nur das Übliche“, sagte Marie so laut, dass Luca es hören musste. „Wir können ganz beruhigt sein. Luca weiß mal wieder ganz genau, wo’s langgeht.“

Benni verkniff sich ein Grinsen. Über Maries Schulter hinweg warf er Emily einen Blick zu.

Die schüttelte den Kopf und verdrehte genervt die Augen, während der Wagen von der Einfahrt langsam auf die Straße rollte.

Als die Freunde sich von Emilys Mutter verabschiedet hatten und Luca vor dem Eingang zum Turnierplatz die vier Ehrenkarten zückte, um sie dem Ordner zu zeigen, nahm Marie ihm eine davon mit spitzen Fingern aus der Hand.
„Danke. Das kann ich selbst, stell dir vor", sagte sie und rauschte an dem Ordner vorbei, bevor Luca überhaupt reagieren konnte.
„Boah, ist die zickig drauf!" Luca machte ein Gesicht wie ein Welpe im Regen. „Hab ich ihr irgendwas getan?", fragte er Emily und Benni.
Die schüttelten nur stumm die Köpfe.
Emily hatte Mitleid mit ihm. Okay, Luca war ausgesprochen selbstbewusst und – ja, er hatte eine große Klappe. Aber er hatte auch die coolsten Einfälle. Und wenn es mal Probleme gab, war meistens er es, der eine Lösung fand. Emily erinnerte sich noch gut daran, dass es Lucas Idee gewesen war, gemeinsam Reitunterricht zu nehmen. Er war es auch gewesen, der bei einem seiner Streifzüge den Reiterhof Brombeerhain entdeckt hatte. Klar, das war ewig lange her, aber trotzdem war er stets ihr unausgesprochener Anführer gewesen und niemand hatte sich bislang daran gestört.

Was ist bloß mit Marie los, dass sie plötzlich so einen Aufstand deswegen macht?, fragte sich Emily.
„Mach dir keinen Kopf", sagte sie und lächelte Luca aufmunternd zu. „Das wird schon wieder."
„Logo", schloss Benni sich an. Er klopfte seinem besten Freund auf die Schulter. „Los, kommt! Wir sind Ehrengäste. Schon vergessen?"
„Nee", grinste Luca. „Aber zuerst will ich wissen, wo Marie abgeblieben ist. Okay?"
Emily und Benni waren einverstanden.
Als sie Luca über den Turnierplatz folgten, griff Benni nach Emilys Hand und drückte sie. „Mann, bin ich froh, dass wir nicht dauernd solchen Stress haben wie die beiden!"
„Ich auch!" Emily nickte heftig. Eine Strähne löste sich aus ihrem Bauernzopf. Benni schob sie zurück und gab ihr einen Kuss.
„Ich hab dich lieb", sagte er leise und hielt ihre Hand noch ein wenig fester.
Emily lächelte.
„Da ist sie ja! Hey, Marie!" Luca winkte und beschleunigte seine Schritte. Zielstrebig folgte er einem pfeilförmigen Wegweiser, der auf den Abreiteplatz hinwies.

Emily und Benni spurteten hinter ihm her und holten ihn an einer Absperrung aus Flatterband ein.
Marie stand an der Umzäunung des Platzes und unterhielt sich mit einem schlanken Mädchen in Turnierkleidung.
„Hi, Vanessa!", rief Benni. „Wow, du siehst echt klasse aus!"
Vanessa drehte sich um und zog die Augenbrauen hoch. Sie trug schneeweiße Reithosen, lange, auf Hochglanz polierte Lederreitstiefel und eine ebenfalls weiße, eng anliegende Bluse mit einem schmalen Schlips, dem Plastron. Ihre Reitkappe hatte sie lässig unter den Arm geklemmt.
„Da seid ihr ja!", rief sie fröhlich, als sie die Freunde erkannte. „Ich dachte schon, Marie wäre ganz alleine hier."
„Wieso das denn?" Luca zog die Stirn kraus. „Hat sie denn nicht gesagt, dass wir alle zusammen gekommen sind?"
Er warf Marie einen unsicheren Blick zu, aber die drehte sich schnell um und betrachtete scheinbar interessiert ein galoppierendes Pferd auf dem Abreiteplatz.
Benni versuchte, die peinliche Situation zu entschärfen. „Wo ist Misty? Reitest du sie heute nicht?"

„Doch, klar“, antwortete Vanessa. „Die Dicke steht noch im Stall und frisst sich ein Bäuchlein an. Wir starten erst gegen Mittag im Stilspringen. Vorher reite ich Ferris in der Dressur. Er ist noch ganz neu auf dem Hof. Ein echtes Nachwuchstalent. Ein Welsh-Cob, sechs Jahre alt. Er hat super Anlagen“, erklärte sie fachmännisch.

Benni und Emily nickten beeindruckt, während Luca nur mit halbem Ohr zuhörte. Möglichst unauffällig versuchte er, etwas näher an Marie heranzukommen.

„Hey, ihr seid heute unsere Ehrengäste!“, rief Vanessa plötzlich. „Und wir stehen hier herum und quatschen! Kommt mit, ich zeig euch eure Plätze. Zu futtern gibt's natürlich auch was.“ Sie zwinkerte Luca zu. „Geht alles auf Kosten des Hauses.“

Emily zog eine Schnute. „Können wir nicht zuerst zu Misty und Sternschnuppe gehen? Wir haben sie so lange nicht gesehen.“

„Wie ihr wollt.“ Vanessa kletterte unter dem Absperrband hindurch und übernahm die Führung. „Also zuerst zu den Süßen mit den langen Mähnen. Ihr werdet staunen, wenn ihr seht, wie groß Sternschnuppe geworden ist.“

Luca schob sich an Maries Seite und bemühte sich, mit dem langbeinigen Mädchen Schritt zu halten.

„Hey, Marie", raunte er ihr zu. „Was ist denn los? Wenn ich irgendwas falsch gemacht hab, sag's mir bitte. Lass uns darüber reden, okay?"
Marie blieb stehen und sah ihm in die Augen.
„Du hast gar nichts falsch gemacht", erwiderte sie ehrlich. „Ich weiß nicht, was los ist. Es liegt wohl an mir." Sie versuchte zu lächeln, aber ihr gelang nur eine schiefe Grimasse. Als sie den traurigen Ausdruck in Lucas Gesicht sah, bekam sie ein schlechtes Gewissen. Hatte ihre Mutter nicht neulich erst etwas von Pubertät gemurmelt und gestöhnt: „Du bist aber auch schwierig in letzter Zeit, Kind!"?
Du meine Güte, dachte Marie entsetzt. Wenn sich Erwachsenwerden so anfühlt, kann ich darauf ganz gerne noch ein Weilchen verzichten!
„Tut mir leid, Luca, echt. Vergiss es einfach und lass uns den Tag genießen, ja?" Sie lächelte noch einmal – und diesmal gelang es ihr sogar.
„Ja, klar!" Luca nickte erleichtert. Er legte einen Arm um ihre Schultern und drückte sie leicht.

Inzwischen herrschte auf dem Gelände lebhaftes Treiben. Mehrere Transporter bahnten sich ihren Weg durch die Zuschauermenge. Pferde wurden abgeladen, letzte Vorbereitungen für die ersten Prüfungen getroffen. Hier wurden lange Mähnen in unzählige Zöpfchen geflochten, dort der schicke Turnierdress auf Hochglanz gebracht.

Der stramme Ostwind ließ die bunten Fähnchen und Wimpel fröhlich flattern. Von einem Imbisswagen wehte der Geruch von Bratwurst und Pommes über den Platz. An einem anderen Stand gab es Eis und Popcorn. Daneben war ein Zelt mit Reitzubehör aufgebaut. Von Springgerten über Zaumzeuge bis zum teuren Luxussattel gab es alles, was das Reiterherz begehrte. Die Freunde schlenderten daran vorbei und staunten über die Preisschilder.

„Für so einen Springsattel muss man Millionär sein", bemerkte Benni.

„Wahrscheinlich sind die Steigbügel aus Platin", vermutete Luca.

Emily und Marie überschlugen kurz den Inhalt ihrer Portemonnaies und stellten fest, dass sie sich nicht einmal eines der Miniatur-Zaumzeuge als Andenken leisten konnten, die an einem Ständer hingen. Kopfschüttelnd gingen sie weiter.

„Wahnsinn! Die ist ja gewachsen wie Unkraut!", entfuhr es Emily, als sie wenig später Sternschnuppe auf einer Koppel entdeckte.
Das Stutfohlen stand am Zaun und beäugte den ungewohnten Trubel mit erstaunten Augen. Der kurze, noch wollige Fohlenschweif wedelte aufgeregt hin und her.
Mit wenigen Schritten waren Emily, Marie, Luca, Benni und Vanessa am Gatter und begrüßten die Stute mit dem hellgoldenen Fell.
„Hey, Süße", sagte Marie mit schmeichelnder Stimme. Sie streckte die Hand aus, um das Fohlen daran schnuppern zu lassen. „Komm mal her zu mir."
Sternschnuppe hob den Kopf und spitzte die Ohren. Ganz leise wieherte sie, um gleich darauf zu niesen.
„Gesundheit!", sagte Luca. Er strich Sternschnuppe über den Hals und lächelte.
„Sie sieht einfach toll aus!", schwärmte Emily.
„Hab ich euch doch gesagt!" Vanessa grinste. „Bei uns auf dem Buchenhof weiß man auch, wie man mit Pferden umgeht."
„Bist du etwa noch sauer, weil wir uns so albern benommen haben, als du Misty und Sternschnuppe mitgenommen hast?", fragte Benni.

„Nein, überhaupt nicht", versicherte Vanessa lachend. „Das ist Schnee von gestern. Ein bisschen konnte ich euch damals ja auch verstehen. Mir ist der Abschied vom Brombeerhain schließlich auch schwergefallen. Los, wir gehen mal zu Misty. Bestimmt hat sie sich inzwischen gewälzt und ich kann mit dem Putzen und Einflechten noch mal von vorne anfangen. Ich kenn doch meine Dicke!"

Sie ging auf den Stall zu und schob die Schiebetür mit Schwung zur Seite.

„Normalerweise stehen die Pferde natürlich draußen", erklärte sie nebenbei. „Wegen des Turniers mussten wir einige der Koppeln für die Gastreiter räumen. Deshalb haben wir unsere Pferde in ihre Boxen gesteckt. Was natürlich nicht allen gefällt", fügte sie hinzu, während sie eine Boxentür öffnete und zur Seite trat.

In der Box stand eine großrahmige Stute. Sie hob den Kopf und brummelte leise. Ihr rotbraunes Fell glänzte in der Sonne, die durch das geöffnete Stallfenster fiel. Ihre silberblonde Mähne war zu einem Gitter eingeflochten. Der lange Schweif hing wie eine seidene Schleppe fast bis in das knietiefe Stroh.

„Wow!", entfuhr es Benni. „Die Mähne sieht cool aus!"

„Da musst du ja stundenlang dran geflochten haben!“ Emily strich vorsichtig über das Kunstwerk.
„Ach, das ist nur eine Frage der Technik“, entgegnete Vanessa. „Wenn man’s erst mal draufhat und nicht gerade zwei linke Pfoten hat, ist es ein Klacks. Ich kann’s euch gerne mal zeigen, wenn ihr wollt.“
„Das wär super“, sagte Marie sofort. „Obwohl – bei Robbies Fusselmähne sieht das bestimmt nicht so gut aus wie bei Misty.“
„Aber Toffy müsste so ein Gitter toll stehen“, mischte sich Emily ein. „Der hat auch so eine lange dicke Mähne. Und Möwe erst!“
Vanessa hob die Hände. „Sorry, Leute. Im Moment hab ich leider keine Zeit mehr für Frisurenberatung.“ Sie warf einen Blick auf ihre Uhr. „Ich zeig euch noch schnell eure Plätze und dann muss ich schleunigst zu Ferris, um ihn zu satteln. Wir gehen in einer Stunde an den Start.“ Sie reichte Misty ein Leckerli und verriegelte die Boxentür. „Tschüss, Süße. Wir sehen uns später!“

Als sie den Stall verlassen hatten, bestürmten die vier ihre ältere Freundin mit Fragen.

„In welchen Prüfungen startest du denn heute noch?", erkundigte sich Benni.
„In der A-Dressur und im Stilspringen", erwiderte Vanessa, während sie sich durch das dichte Gedränge der Zuschauer und Reiter schob.
„Bist du gar nicht nervös?", fragte Luca. „Du wirkst so gelassen."
Vanessa zog eine Grimasse und stöhnte auf. „Hast du eine Ahnung! Ich könnte vor Lampenfieber platzen. Aber es gibt noch so viel zu tun und zu organisieren, dass ich einfach keine Zeit hab, um mich groß aufzuregen. Außerdem hat das bestimmt auch ein bisschen mit der Routine zu tun. Ich reite jetzt schon so lange Turniere. Da gewöhnt man sich mit der Zeit einfach an den Stress. Aber trotzdem ist es immer wieder aufregend. So, da wären wir."
Sie zeigte auf den Richterwagen, einen einseitig aufgeklappten Hänger, der durch Bremsklötze am Wegrollen gehindert war und direkt am Turnierplatz stand. Auf dem Wagen standen zwei Tische und ein paar Stühle.
„Wir haben Plätze auf dem Richterwagen?", fragte Luca begeistert. „Das ist ja krass!"
„Nein, leider nicht." Vanessa lachte und ging auf eine lange Bankreihe zu, die sich hinter einer Absperrung

befand. „Das hier sind eure Sitzplätze. Natürlich in der ersten Reihe“, fügte sie mit einem belustigten Blick auf Luca hinzu.
Der nickte zufrieden.
„Am Dressurviereck gibt es allerdings keine Sitzplätze“, sagte Vanessa weiter. „Da müsst ihr dann leider stehen.“
„Macht nichts“, versicherte Emily.
„Nee, überhaupt nicht. Wir werden sowieso nicht den ganzen Tag rumsitzen“, sagte Benni. „Dazu gibt’s hier zu viel zu sehen.“
„Dann wünsche ich euch viel Spaß.“ Vanessa zog ein paar Zettel aus der Tasche ihrer Reithose. „Hier sind noch die Verzehrgutscheine für die Pommesbude und den Getränkestand.“ Sie drückte Marie die Bons in die Hand und wandte sich zum Gehen. „Ich muss jetzt wirklich los. Drückt mir die Daumen!“, rief sie noch und winkte, dann war sie im Gedränge verschwunden.
Die vier Freunde sahen sich an.
Marie wedelte mit den Gutscheinen. „Wie wär’s mit einer kleinen Stärkung?“
„Wollen wir uns nicht zuerst ein Programmheft besorgen?“, hielt Luca dagegen. „Damit wir wissen, wann die Prüfungen stattfinden?“

Benni nickte. „Vorne am Eingang habe ich einen Stand mit Programmen gesehen. Los, wir holen eins."

Emily und Marie setzten sich auf ihre nummerierten Plätze.

„Bis gleich", sagte Marie. „Wir halten inzwischen die Bank für euch warm."

Benni und Luca trabten davon.

Emily und Marie wechselten einen Blick und lächelten.

„Ich glaube, das wird heute ein wunderschöner Tag", seufzte Marie versonnen.

Emily blinzelte in den strahlend blauen Himmel, der sich wie ein Zelt über den Turnierplatz wölbte, und schnurrte wie eine Katze.

„Oh ja", bestätigte sie. „Das glaube ich auch!"

Pferde sind wie Gummibärchen: Eins ist nicht genug

Als Luca und Benni mit dem Programmheft und einem Lageplan des Turniergeländes zurückgekehrt waren, versuchten die Freunde, einen Terminplan aufzustellen. Sie liehen sich am Richterwagen einen Kuli aus, kreuzten an, welche Prüfungen sie auf keinen Fall verpassen wollten – besonders natürlich diejenigen, an denen Vanessa teilnahm –, und verglichen die Zeiten.

„Mist! Wenn wir rechtzeitig zum Stilspringen zurück sein wollen, verpassen wir die Dressurprüfung der Nachwuchspferde", stellte Emily fest. „Den Vorführwettbewerb der Ponys wollte ich auch gerne sehen."

„Und ich das Championat der Voltigierabteilungen", sagte Marie. Sie wendete das Programmheft hin und her.

„Dann noch das Mannschaftszeitspringen, das Musikreiten, die Quadrille und, und, und …“ Sie ließ das Heft sinken. „Ich hätte nicht gedacht, dass das so kompliziert ist.“

Plötzlich prustete Luca los.

Marie runzelte die Stirn.

„Sorry, mir ist nur gerade ein Witz eingefallen“, meinte Luca. „Wisst ihr zufällig, was ein Dressurreiter sagt, wenn zwei Strohhalme in der Reithalle liegen?“

„Keine Ahnung“, sagte Marie.

„Nö, was sagt er denn?“, fragte Benni.

„Haben die wieder ihre Hindernisse nicht weggeräumt!“ Luca schlug sich auf die Schenkel.

Emily und Marie kicherten.

„Und was sagt ein Dressurreiter, wenn in der Halle ein Grashalm liegt?“, fragte Benni.

„Sprung frei!“, antwortete Luca wie aus der Pistole geschossen.

Lachend widmeten sie sich wieder dem Programmheft.

„Ich glaub, das kriegen wir nie unter eine Kappe!“, stöhnte Luca auf. „Höchstens wenn wir uns schnell mal klonen lassen.“

„Wir müssen eben Prioritäten setzen“, meinte Benni.

„Was meinst du damit?", fragte Emily.
„Wir müssen uns darauf einigen, was uns am wichtigsten ist", erklärte Benni. „Alles können wir uns wirklich nicht angucken. Wollen wir abstimmen?"
Marie hob die Hand und zeigte auf ihre Uhr. „Dafür haben wir echt keine Zeit mehr. Die Dressur fängt gleich an."
„Hilfe! Wo ist das Dressurviereck?" Emily zog die Nase kraus. „Ich hab total den Überblick verloren!"
„Das ist bei dir ja nichts Neues", grinste Benni. Er nahm Emilys Hand. „Keine Panik, ich bring dich hin."
Sie verließen ihre Plätze, brachten den Kugelschreiber zurück und schlängelten sich durch die Menge in Richtung Dressurviereck.
Luca schob sich frech nach vorn und ergatterte ein paar gute Stehplätze hinter der Absperrung, die die Zuschauer von den Reitern trennte.
„Wann ist Vanessa dran?", fragte Marie.
Benni blätterte in dem Programm und fuhr mit dem Zeigefinger die Liste der Startnummern nach, bis er Vanessas Namen fand. „Sie startet als Sechste."
„Cool, dann schaffen wir's vielleicht doch noch rechtzeitig zum Beginn des Springens." Luca legte einen

Arm um Marie. „Oder willst du lieber was ganz anderes gucken?"
„Nö, ist schon in Ordnung." Marie gab ihrem Freund einen Kuss. „Achtung, ich glaub, es geht los!"

Die Prüfung war eine einfache A-Dressur für junge Pferde und Reiter. Nicht viel anders als im normalen Reitunterricht wurden auf Kommando verschiedene Hufschlagfiguren geritten. Volten, Zirkel, Schlangenlinien, durch die ganze und die halbe Bahn wechseln. Mal im Schritt, dann im Trab und schließlich im versammelten Galopp.
„Lange Bügel, kurze Zügel, in der Reitbahn keine Hügel, bandagiert rund um die Uhr, Mitteltrab in einer Tour, manche nennen das Dressur", raunte Luca den anderen zu und gähnte demonstrativ.
„Ich find's schön", fauchte Marie.
„Springen ist schöner", konterte Luca. „Da ist viel mehr Action!"
Marie streckte ihm die Zunge raus.
Die Richter, die in dem aufgebockten Anhänger saßen, machten sich Notizen und achteten darauf, dass die Pferde gut am Zügel gingen und den Hilfen ihrer Reiter folgten.

„Das ist doch echt was für Anfänger", murrte Luca, nachdem er eine ganze Weile geschwiegen hatte. „Total langweilig."

Marie wollte schon etwas erwidern, aber Emily kam ihr zuvor: „Wir haben auch mal so klein angefangen. Schon vergessen? Die Kids reiten bestimmt noch nicht lange. Und ihre Pferde sind auch noch ganz jung. Ich find's jedenfalls cool, wie die sich hier vorstellen. Noch dazu vor so vielen Leuten."

„Ich auch!", zischte Marie.

Obwohl er gar nicht gemeint war, zog Benni den Kopf ein.

„Halt lieber die Klappe", raunte er Luca zu. „Gegen die Mädchen kommst du sowieso nicht an."

„Stimmt genau!", sagte Marie und starrte stur geradeaus.

Luca grinste verlegen.

„Es folgt die Startnummer sechs, Vanessa Kerber auf Ferris", schnarrte eine verzerrte Lautsprecherstimme. „Ferris ist ein Welsh-Cob-Wallach, fünf Jahre alt. Die A-Dressur ist seine erste Prüfung."

Freundlicher Applaus brandete auf und begrüßte das Mädchen und sein Pferd im Viereck.

Marie stieß Luca in die Seite.

„Kein Ton, verstanden?“, flüsterte sie ihm zu, obwohl Luca überhaupt keinen Mucks mehr machte.
Vanessas Gesicht war hoch konzentriert, als sie auf der Mittellinie einritt und Ferris vor dem Richterwagen durchparierte. Der junge Fuchs stand still wie ein Denkmal. Vanessa nahm die Zügel in eine Hand, hob die Gerte an den Rand ihrer Kappe und senkte kurz den Kopf.
Die Richter erwiderten den Gruß und lüfteten ihre Melonen.
Als es losging, drückte Emily beide Daumen, so fest sie konnte, und hielt den Atem an.
Vanessas Sitz war perfekt. Sie und ihr Pferd hatten eine tolle Ausstrahlung. Die Zuschauer waren beeindruckt. Die Richter nickten zufrieden.
Ferris hielt den Hals gebogen und seinen Kopf mustergültig gesenkt. Seine Mähne war nicht eingeflochten. Bei jedem Schritt, den der Wallach machte, schlug sie weiche Wellen. Seine Hufe setzte er sehr sorgfältig auf. Fast schien es, als würde er die Prüfung für sich allein absolvieren und Vanessas unsichtbare Hilfen gar nicht brauchen. Im leichten Trab schwebte das Paar fast schwerelos über den Hufschlag.

„Wow!", flüsterte Emily. „Ist das nicht schön?"
Marie nickte.
Auch die beiden Jungen verkniffen sich einen Kommentar.
Als Vanessa ihr Pferd schließlich wieder auf die Mittellinie traben ließ und zum Halten durchparierte, lächelte sie glücklich. Sie wusste, dass ihre Vorstellung perfekt gewesen war.
Sie grüßte die Richter mit einem strahlenden Lächeln, ließ sich von Ferris die Zügel aus der Hand kauen und verließ anschließend das Viereck im langen Schritt.
Lauter Applaus begleitete sie, als sie Ferris den Hals klopfte und sich bei ihm bedankte.
„Spitze, Nessi!", rief ein Junge in Turnierkleidung.
Vanessa drehte sich im Sattel um und warf ihm eine Kusshand zu.
„Ob das ihr Freund ist?", fragte Emily.
„Der sieht ja gut aus!" Marie stellte sich auf die Zehenspitzen, um einen Blick auf ihn zu werfen.
Luca zupfte an ihrem T-Shirt. „Seid doch mal leise!", brummte er. „Oder interessiert euch die Wertung nicht?"
Emily und Marie tauschten einen Blick und unterdrückten ein Prusten.

„Doch, klar“, versicherte Emily schnell.

Marie nickte.

„Die Startnummer sechs“, schnarrte die Stimme aus dem Lautsprecher, „erhält die Wertungsnote 9,5 und übernimmt damit die Führung in diesem Wettbewerb. Es folgt die Startnummer sieben.“

Luca würgte den Rest der Ansage ab, indem er laut „Mann, hab ich einen Hunger!“ rief.

„Dann iss doch was!“, rief ihm ein dicker Mann aus dem Publikum zu.

Marie stöhnte auf. „Hilfe, ist das peinlich!“

Emily kicherte.

„Der Typ gehört nicht zu uns!“, versicherte Benni den Umstehenden und zeigte auf Luca. „Keine Ahnung, wo der herkommt.“

Er nahm Emilys Hand und zog sie mit sich. Marie und Luca folgten ihnen.

Luca kringelte sich vor Lachen.

„Dann iss doch was!“, machte er den Zuschauer nach, während er nach Luft schnappte. „Hätte von mir kommen können!“

„Du bist echt unmöglich, weißt du das?“ Marie knallte ihm ein paar Gutscheine vor die Brust und drehte sich wutschnaubend um. „Guten Appetit!“, rief sie noch, dann war sie weg.

Emily, Luca und Benni blieben stehen und wechselten verwirrte Blicke.

„Bitte nicht schon wieder Stress!“, stöhnte Luca auf.

„Soll ich sie zurückholen?“, fragte Emily.

„Nee, lass mal.“ Benni schüttelte den Kopf. „Ich glaub, heute ist irgendwie nicht ihr Tag. Das renkt sich schon wieder ein.“

„Sie wird sich hoffentlich wieder beruhigen“, nickte Luca betreten. „Wollen wir trotzdem was essen?“

„Klar“, meinte Benni. „Immerhin hat sie uns die Gutscheine dagelassen.“

Emily zögerte, doch dann nickte sie auch.

Luca hat Recht, dachte sie. Marie wird sich bestimmt wieder beruhigen.

Während Luca und Benni wenig später jeweils eine Portion Currywurst mit Pommes und Ketchup verdrückten, knabberte Emily an einem knusprigen Hähnchenschenkel. Dabei ließ sie ihren Blick über das weitläufige Gelände wandern. In einer abseits gelegenen Ecke des Platzes, dort, wo die Pferdetransporter parkten, entdeckte sie plötzlich Marie. Sie stand neben einem Jungen, lachte und schien sich prächtig zu unterhalten; das war trotz der Entfernung kaum zu übersehen.

Der Junge stand halb verdeckt hinter Marie. Emily sah, dass er weiße Reithosen, lange Stiefel und ein weinrotes Turnierjackett trug. Als er sich umdrehte, erkannte Emily Vanessas Freund wieder. Den Jungen vom Dressurplatz, den Marie vorher schon so interessant gefunden hatte.

Emily verschluckte sich an einem Stück Hühnchen und hustete hektisch.

Luca und Benni klopften ihr gleichzeitig auf den Rücken.

„Geht schon wieder, danke“, krächzte Emily. „Alles klar, ihr könnt aufhören.“

„Was ist denn los?“, erkundigte sich Benni belustigt, als er Emilys rote Wangen bemerkte.

„Nichts, gar nichts“, erwiderte Emily hastig. Sie lugte über Bennis Schulter hinweg unauffällig in Richtung Abreiteplatz. Marie und der unbekannte Reiter waren verschwunden. „Ich glaub, ich bin satt“, sagte sie zu den Jungs. „Wollen wir nicht rüber zum Springplatz gehen? Nach unserem Plan muss das Stilspringen gleich anfangen.“

Benni warf einen Blick auf sein Handydisplay. „Stimmt. In zehn Minuten geht's los. Gut, dass wir reservierte Plätze haben." Er zeigte auf die vielen Zuschauer, die sich langsam in Richtung Springplatz schoben. „Ehe wir da durch sind, hat's bestimmt schon angefangen."
„Worauf warten wir noch?" Emily drehte sich schon um.
„Vielleicht auf Marie?", wandte Luca ein. „Sie wollte sich das Springen doch unbedingt anschauen. Wo steckt sie bloß?"
Benni zog seinen Freund mit sich.
„Sie weiß, wo unsere Plätze sind", meinte er. „Bestimmt reagiert sie sich nur noch ein bisschen ab und kommt dann nach."
Emily sagte nichts, aber insgeheim fragte sie sich, ob Benni Recht behalten würde. Nach dem, was sie eben gesehen hatte, war sie sich da nicht so sicher.

Zu Emilys Erstaunen saß Marie auf ihrem Platz und lächelte ihnen entgegen, als wäre nichts geschehen.
„Wo bleibt ihr denn?", rief sie schon von weitem und klopfte auf die Bank. „Es geht jeden Moment los!"
Mit einem erleichterten Seufzer ließ Luca sich auf den freien Platz neben ihr fallen. Benni und Emily wechsel-

ten einen kurzen Blick und setzten sich auf die andere Seite.

„Ich hatte gerade eine ziemlich spannende Unterhaltung", erzählte Marie. „Ein Typ namens Hagen von Werthmann hat mir erzählt, dass es wahrscheinlich zu einem Stechen zwischen ihm und Vanessa kommen wird. Die beiden gehören zur Jugendauswahl der Springreiter unter achtzehn Jahren. Sie sind die Besten im Starterfeld und schnappen sich bei jedem Turnier gegenseitig die goldenen Schleifen vor der Nase weg."

„Cool", meinte Benni.

„Kennen wir diesen Hagen?", erkundigte sich Luca.

Marie nickte. „Er war vorhin am Dressurviereck. Vielleicht hast du ihn da gesehen."

Luca schluckte, bevor er nachforschte: „Meinst du diesen Lackaffen, der Vanessa quer über den Platz gratuliert hat? Der Nessi zu ihr gesagt hat?"

„Ja, genau." Maries Stimme klang kühl. „Sie kennen sich schon ziemlich lange. Aber das ist kein Grund, ihn einen Lackaffen zu nennen, oder?" Sie rückte ein Stückchen von Luca ab. „Er ist echt nett. Und außerdem muss er richtig gut reiten können. Er startet mit zwei Pferden im Turnier. Seinem Vater gehört ein Gestüt."

„Der hat's gut!“, seufzte Emily.
Marie stimmte ihr zu. „Pferde sind echt wie Gummibärchen, findet ihr nicht? Eins ist nie genug!“
„Ich will kein zweites Pferd. Mir reicht mein Bonito. Und Gummibärchen mag ich auch nicht“, muffelte Luca. Er stand auf und quetschte sich an Emily und Luca vorbei. „Ich hol mir mal 'ne Cola. Ich hab Durst.“
„Bringst du uns was mit?“, konnte Benni gerade noch rufen. Luca nickte wortlos und trabte davon.

Als er mit vier Flaschen im Arm zurückkehrte, hatte das Springen schon angefangen. Ohne ein Wort reichte Luca den Freunden die Getränke und setzte sich. Nicht neben Marie, sondern auf den von ihr am weitesten entfernten Platz an Bennis Seite.
Emily rutschte ein Stückchen dichter an die Freundin. „Sag mal“, flüsterte sie. „Hast du vorhin geflirtet? Ich hab dich und Hagen auf dem Abreiteplatz gesehen. Es sah aus, als hättet ihr euch ziemlich gut unterhalten.“
Marie nahm einen Schluck Cola und lächelte.
„Geflirtet? Ich?“, fragte sie und zog eine Augenbraue hoch. „Hm, ja, könnte sein … Hagen sieht echt gut aus, findest du nicht?“

Emily wusste nicht, was sie sagen sollte. Zumal Benni ziemlich dicht neben ihr hockte und sehr auffällig die Ohren spitzte. „Mein Typ ist er nicht unbedingt", erwiderte sie ausweichend.

„Du kennst ihn ja auch nicht", antwortete Marie. „Er ist so … so ganz anders irgendwie."

„Echt?", fragte Emily, weil ihr nichts Besseres einfiel.

„Dein toller Hagen ist eindeutig zu groß für sein Pferd", bemerkte Luca ziemlich laut und nuckelte an seiner Cola.

Hagen ritt gerade auf einem schmalen Connemara-Wallach ein und grüßte die Richter.

„Sein Vater sollte ihm mal ein größeres Pferd kaufen, sonst muss er seinem Schimmel bald Stützräder unter den Bauch binden. Klemmt im Mitteltrab die Wade, ist's für das Gesamtbild schade", fügte er grinsend hinzu.

Marie starrte stur geradeaus. Leider hatte Luca Recht: Hagen war wirklich zu groß für sein Pferd. Seine langen Beine baumelten in den Steigbügeln. Wie sollte er den richtigen Springsitz einnehmen, ohne mit den eigenen Füßen die oberen Stangen der Hindernisse zu reißen?

Marie setzte sich gerade hin.

„Erstens ist er nicht mein toller Hagen", zischte sie über

Emily und Benni hinweg in Lucas Richtung. „Und zweitens ist es seine letzte Saison in dieser Klasse. Sein Vater hat ihm nämlich gerade zwei Großpferde gekauft. Er wird also ganz problemlos von seinem Connemara wechseln, ohne sich mit den Beinen zu verheddern oder Stützräder zu benutzen. Bist du jetzt beruhigt?"

Luca starrte Marie mit offenem Mund an und suchte ganz offensichtlich nach den passenden Worten. Leider fiel ihm so schnell nichts ein.

Marie lächelte triumphierend.

Aus dem Lautsprecher erklang die schnarrende Stimme und kündigte den vierfachen Juniorenmeister Hagen von Werthmann und sein prämiertes, in Irland gezogenes Championatspferd Wonderbird als nächsten Starter an.

„Wonderbird?", wiederholte Luca. Er prustete verächtlich. „Mal abwarten, ob der weiße Wundervogel wirklich fliegen kann!"

Es dauerte knapp zwei Galoppsprünge und Luca musste seine abwertende Meinung über Hagen und seinen Wundervogel überdenken.

Hagen ließ keinen Zweifel daran, dass er reiten konnte. Auch nicht daran, dass er und sein Pferd das Springen unbedingt gewinnen wollten. In atemberaubendem Tempo nahm Wonderbird die Hindernisse, ohne zu zögern oder anzustoßen. Die Kurven zwischen den Sprüngen ritt Hagen so eng, dass das Publikum den Atem anhielt. Einmal strauchelte der Schimmel nach einem Sprung, aber er fing sich sofort wieder. Hagen und Wonderbird waren wirklich ein perfektes Team.

„Die Zeit spielt doch überhaupt keine Rolle", sagte Emily. „Warum riskiert er so viel? Es ist doch ein Stilspringen, oder?"

Marie nickte angespannt.

„Ja, klar. Aber wenn zwei oder mehr Reiter die gleiche Stilnote bekommen, entscheiden am Ende die Fehler und die Zeit mit." Sie hockte auf der vorderen Kante der Bank und machte bei jedem Absprung von Wonderbird einen kleinen Hüpfer. Es sah aus, als würde sie selbst im Sattel sitzen.

„Er geht echt aufs Ganze", meinte Benni. „Sein Stil ist aber auch nicht schlecht. Trotz seiner Größe."

Luca sagte überhaupt nichts mehr. Er hatte den Kopf zwischen die Schultern gezogen und trank ab und zu aus seiner Colaflasche. Als Hagen und Wonderbird ihren Ritt mit null Fehlerpunkten und einer Stilnote von 9,0 in Bestzeit beendeten, rührte er keinen Finger, um zu applaudieren.

„Nicht schlecht", murmelte er. „Aber erst mal sehen, was Vanessa so draufhat."

Vanessa und Misty waren die Nächsten.

Die kunstvoll eingeflochtene Mähne der Stute wurde von den Zuschauern mit einem spontanen Extra-Beifall belohnt.

„Dafür hätte sie einen Sonderpreis verdient", sagte eine Frau laut.

Vanessa strich Misty liebevoll über die Schulter und lächelte. Dann trabte sie an, ritt eine Volte und hielt vor dem Richterwagen. Sie grüßte formvollendet und ließ Misty angaloppieren.

Auch Vanessa war schnell. Auch sie kürzte die Kurven ab. Sie ließ Misty ganz dicht an die Sprünge herangehen und legte erst kurz davor die Schenkel an und gab die Zügel frei. Ihre Stute war wendig und muskulös. Sie sprang wie ein Känguru und gab sich wirklich große Mühe, aber sie war kleiner und auch ein bisschen schwerer als Wonderbird. Am Ende reichte das Tempo nicht. Obwohl sie ebenfalls null Fehler ritt, lag Vanessa zwanzig Sekunden hinter Hagen. Durch die Menge ging ein enttäuschtes Raunen, als die Zeit verkündet wurde. Die Richter steckten die Köpfe zusammen und berieten sich. Anscheinend waren sie sich über irgendetwas uneinig.

„Vanessa hatte einen viel besseren Stil", sagte Luca laut. „Was gibt's da noch groß zu beratschlagen?"

Als hätten die Richter ihn gehört, nickten sie nun und reichten dem Sprecher einen Zettel.

„Die Starterin Vanessa Kerber auf Misty", verkündete die Lautsprecherstimme, „erhält die Stilnote 10,0 bei einem fehlerfreien Ritt in drei Minuten und siebenundfünfzig Sekunden. Vanessa Kerber übernimmt die Führung vor Hagen von Werthmann auf Wonderbird!"

„Zehn Komma null! Yeah!" Luca sprang auf und reckte seine Faust in die Luft. „Super, Nessi!", rief er laut über den Platz, bevor er sich mit einem zufriedenen Grinsen wieder setzte. „Hab ich's nicht gleich gesagt?"

Marie presste die Lippen zusammen und verkniff sich ihren Kommentar. Als Vanessa und Misty unter Beifall und anerkennenden Rufen den Springplatz verließen, applaudierte sie mit.

Vanessa kann schließlich nichts dafür, dass Luca sich wie ein kranker Gockel benimmt, dachte sie insgeheim. *Jungs können ja so blöd sein!*

„Wisst ihr eigentlich, dass Hagen gleich noch einmal an den Start geht?“, fragte sie beiläufig. „Wonderbird ist nur ein Nachwuchspferd. Hagens richtiger Kracher kommt erst noch. Ein Hengst. Er heißt The Winner.“
The Winner – der Gewinner? Luca zog den Kopf ein und beschloss, darauf lieber nichts zu erwidern.

Schrecksekunde im Parcours

Mit unterschiedlichen Gefühlen verfolgten die vier Freunde den weiteren Verlauf des Springens. Es folgte noch eine ganze Reihe von Startern, aber keiner von ihnen reichte an Vanessas Traumnote 10,0 heran. Und keiner von ihnen schaffte es, Hagens vorgelegte Bestzeit zu knacken. Es stand fest: Vanessa oder Hagen würden dieses Springen unter sich ausmachen.

Als Hagen als einer der letzten Teilnehmer zum zweiten Mal einritt, schien das Rennen eigentlich bereits gelaufen zu sein. Doch als die Zuschauer sein Pferd sahen, The Winner, war plötzlich alles wieder offen.

The Winner war ein großer, mit starken Muskeln bepackter Rappschimmel. Als er den Parcours betrat, hob er seinen Kopf und schmetterte ein lautes Wiehern über den Platz. Seine Augen waren weit aufgerissen und funkelten, die Nüstern waren gebläht. Er tänzelte seitwärts, bis er vor dem Richterwagen stehen blieb.

Mit gewölbtem Hals, eifrig auf der Trense kauend, stand The Winner die vorgeschriebene Zeit still, ohne auch nur ein einziges Mal mit den Hufen zu scharren. Nur seine gespitzten Ohren und das Zucken des Schweifes verrieten seine Anspannung.

„Boah!", stieß Emily hervor. „Wenn es einen Preis für das tollste Pferd geben würde, hätte The Winner schon gewonnen!"

Luca und Benni nickten.

Marie lehnte sich zurück und machte ein Gesicht, als wäre sie die Besitzerin des Pferdes.

„Ich hab euch doch gesagt, dass Hagen noch einen Trumpf im Ärmel hat", grinste sie.

Als die Glocke ertönte und den Parcours freigab, galoppierte The Winner sofort an. Er erweckte den Eindruck, als wüsste er ganz genau, was von ihm erwartet wurde. Hagen schien überhaupt nichts machen zu müssen. Sein Pferd fegte über den Platz und übersprang die Hindernisse so mühelos, als wären sie Spielzeuge für ihn.

Luca musste zugeben, dass The Winner wirklich einmalig war und seinen Namen zu Recht trug. Er war auch

viel muskulöser und größer als Wonderbird. Hagen sah plötzlich gar nicht mehr so affig aus. Im Gegenteil, er passte gut zu seinem Pferd. Die beiden schienen sich blind zu verstehen.
„Wenn nicht noch ein Wunder geschieht, ist das der Siegerritt", raunte Emily den anderen zu.
„Sieht so aus", nickte Benni. „Die beiden sind echt nicht zu toppen."
Kaum hatte er es ausgesprochen, lief ein Aufschrei durch das Publikum. Hagen und The Winner hatten die letzte Kurve viel zu eng genommen. Der Hengst riss den Kopf hoch und strauchelte. Innerhalb weniger Sekunden verlor er das Gleichgewicht. Hagen versuchte noch, sein Pferd hochzureißen, aber es war zu spät. Mit einem harten Aufprall fiel der Rappschimmel auf die Seite. Er ruderte mit den Beinen in der Luft und begrub seinen Reiter unter sich.
Ein paar Zuschauer sprangen von ihren Sitzen. Marie presste sich erschrocken die Hand vor den Mund. Emily schrie auf. Entsetzt mussten sie und alle anderen mit ansehen, wie der Hengst sich hin und her wälzte, um wieder auf die Hufe zu kommen.
Sofort sprangen Helfer herbei. Sie griffen nach den

herabhängenden Zügeln und redeten beruhigend auf den schweißnassen Hengst ein. Als er schließlich, am ganzen Körper zitternd und bebend, wieder stand, wagten Emily und Marie kaum hinzusehen. Sie hielten sich gegenseitig an den Ärmeln ihrer Sweatshirts fest.

Zwei Parcourshelfer knieten neben Hagen, der reglos auf dem Boden lag. Der Turnierarzt überwand die Absperrung und lief zu ihm.

Es kam den Freunden wie eine Ewigkeit vor, bis Hagen sich endlich vorsichtig aufsetzte. Er schüttelte leicht den Kopf und sagte etwas zu dem Arzt und den Helfern. Dann rappelte er sich hoch, blieb ein wenig schwankend stehen und ging zu seinem Pferd. Seine blütenweiße Reithose war schmutzig. An seinem Helm klebte Gras. Hagen strich The Winner über die Stirn, fuhr mit den Händen über Schultern und Beine des Pferdes und legte schließlich die Arme um The Winners Hals. Alle konnten sehen, wie erleichtert er war, dass er und sein Schimmel den Sturz heil überstanden hatten.

Als Hagen sich von The Winner löste, drehte er sich um und hob eine Hand in Richtung Richterwagen.

Der Sprecher räusperte sich, bevor er ins Mikrofon sprach. „Der Reiter mit der Startnummer 27 gibt auf!"
Es dauerte einen Augenblick, bis das Publikum begriffen hatte. Dann brach tosender Applaus aus. Alle waren froh, dass der böse Sturz offenbar keine schlimmeren Folgen hatte. Dass Hagen und The Winner ihren Ritt nicht fortsetzten, war selbstverständlich.
Unter Beifall und aufmunternden Zurufen führte Hagen sein Pferd langsam aus der Bahn.
Am Ausgang nahm ein Tierarzt The Winner in Empfang. Hagen selbst wurde vom Turnierarzt ins Erste-Hilfe-Zelt begleitet.
Die vier Freunde waren ganz still. Sie brauchten eine Weile, um zu verarbeiten, was sie eben gesehen hatten. Die Lautsprecherstimme riss sie aus ihren Gedanken.
„Der letzte Teilnehmer verzichtet auf seinen Start. Das Stilspringen ist beendet. Siegerin nach Wertungspunkten ist Vanessa Kerber auf Misty. Den zweiten Platz belegt Hagen von Werthmann mit Wonderbird in Bestzeit. Auf dem dritten Rang folgt ..."
Emily, Marie, Luca und Benni hörten nicht mehr zu. Es war ihnen ganz egal, wie die übrigen Plätze verteilt

waren. Hauptsache, Hagen und seinem Pferd ging es gut.
Sie standen auf und liefen ein paar Schritte.
„Es ist noch kein Meister vom Himmel gefallen, aber vom Pferd schon“, murmelte Luca betreten.
„Es sah so schrecklich aus!“ Emily verbarg das Gesicht in den Händen. „Ich dachte, die beiden hätten sich das Genick gebrochen!“
Benni nahm sie in den Arm. „Hey“, murmelte er. „Ist schon gut. Ihnen ist nichts passiert.“
Luca schaute Marie an.
„Alles okay?“, fragte er vorsichtig.
„Ja, geht schon.“ Marie versuchte zu lächeln. Plötzlich schluchzte sie auf und warf sich Luca in die Arme. „Es tut mir so leid, dass ich vorhin so gemein zu dir war!“
Luca wusste gar nicht, wie ihm geschah. Er warf Benni einen hilfesuchenden Blick zu, doch der zuckte nur mit den Schultern.
Marie hob den Kopf. „Ich hab das alles nicht so gemeint. Echt nicht!“
„Schon okay“, sagte Luca und strich ihr eine Haarsträhne hinters Ohr.
Marie schniefte ein bisschen.

„Sorry, wenn ich störe.“ Vanessas Stimme ließ die Freunde herumfahren. Mit einem verlegenen Lächeln stand sie da, die Hände in den Taschen ihrer Reithose vergraben, Gesicht und Haare verschwitzt. Man konnte ihr ansehen, dass sie geweint hatte. „Ich war gerade bei Hagen. Ich dachte, es interessiert euch vielleicht, dass es ihm gut geht. Er hat ein paar Prellungen und Abschürfungen. Zur Sicherheit muss er gleich in die Klinik und wird dort geröntgt. Es ist möglich, dass er eine Gehirnerschütterung hat. Aber es sieht so aus, als hätte er einen Schutzengel gehabt.“

„Und einen guten Reithelm“, sagte Luca.

Die anderen nickten.

„Und was ist mit The Winner?“, erkundigte sich Benni.

„Der ist auch okay“, erwiderte Vanessa lächelnd. „Der Tierarzt hat ihn gründlich gecheckt. Winnie lahmt hinten links ein bisschen, aber mehr nicht.“

„Dann hatten also beide einen Schutzengel“, sagte Marie.

„Das kann man wohl sagen“, seufzte Vanessa. Sie drehte sich um. „Kommt ihr gleich zur Siegerehrung? Mir ist der Schreck zwar in sämtliche Glieder gefahren und den anderen Teilnehmern auch, aber die Siegerehrung soll trotzdem stattfinden. Hagen hat gemeint, dass er auch kommen will, wenn der Arzt ihn lässt."

„Wir sind dabei", sagte Luca. „Ist doch klar!"

Emily riss die Augen auf. „Hagen will an der Siegerehrung teilnehmen? Obwohl er verletzt ist und vielleicht eine Gehirnerschütterung hat? Ist das nicht ganz schön leichtsinnig?"

„Ja, finde ich auch", erwiderte Vanessa. „Aber er besteht darauf. Er will Wonderbird und Winnie am Zügel führen."

Emily schüttelte den Kopf.

„Ganz schön zäher Typ", meinte Luca. In seiner Stimme schwang Bewunderung mit.

„Zäh? Ich weiß nicht …", sagte Marie zögernd. „Aber Hauptsache, es geht ihm und seinem Pferd gut. Hagen wird schon wissen, was er tut. Alt genug ist er. Und nach der Siegerehrung können er und Winnie sich dann ja von dem Schreck erholen."

„Erholen? Vergiss es!", winkte Vanessa ab. „Nächstes Wochenende geht Hagen schon beim nächsten Turnier an den Start. Der ist ein echter Profi. ‚Geht nicht' gibt's nicht. Jedenfalls nicht für ihn. Solange der Kopf dran ist und er die Zügel festhalten kann, reitet er."

„Ich sag doch, dass er zäh ist", grinste Luca.
„Manchmal ein bisschen zu sehr", entgegnete Vanessa und winkte, bevor sie verschwand.
Marie, Emily, Benni und Luca schauten ihr nachdenklich hinterher.

Nur wenige Minuten später tauchte Hagen tatsächlich zur Siegerehrung auf. Er führte seine Pferde links und rechts am Zügel und nahm mit ihnen Aufstellung, als wäre nichts geschehen. The Winner lahmte kaum merklich und rieb sein Kinn an Hagens Schulter. Der lächelte glücklich.
Als Hagen hinter Vanessa, die für ihre Stilnote mit einem Sonderpreis belohnt wurde, als Zweiter aufgerufen wurde und den Helm abnahm, um sich zu verbeugen, bekam er großen Beifall.
„Die Ehrenrunde macht er aber hoffentlich nicht mit", sagte Emily besorgt. „Zu Fuß mit zwei Pferden und mit einer Gehirnerschütterung!"
Ihre Sorge war unbegründet. Hagen ließ die Ehrenrunde ausfallen. Er blieb, eingerahmt von seinen Pferden, in der Mitte des Parcours stehen. An Wonderbirds Zaumzeug flatterte eine silberne Schleife.

Als die anderen Reiter zu der Musik, die aus den Lautsprechern kam, angaloppierten, brandete erneut Applaus auf.

Nach drei Ehrenrunden verstummte die Musik. In den Lautsprechern rauschte und knackte es. Die Pferde und Reiter verließen den Springparcours. Die Zuschauer zerstreuten sich. Das Stilspringen war der Höhepunkt des Turniers gewesen.

Marie, Emily, Luca und Benni blieben unschlüssig stehen.

„Wollen wir ein Eis essen?“, fragte Benni.

„Ja, klar! Wir haben noch ein paar Gutscheine“, sagte Marie und wedelte mit den Bons.

Während sie sich in die lange Reihe vor der Eisbude einreihten, murmelte Luca vor sich hin.

„Führst du etwa Selbstgespräche?“, erkundigte sich Marie belustigt. „Ich kenn das von meinem Vater. Der brummelt auch immer vor sich hin.“

„Nee“, erwiderte Luca. „Ich hab nur ’ne Idee. Eine ziemlich geniale sogar.“

Benni stupste ihn an. „Spuck’s aus!“

„Erst mal brauch ich ein Eis“, erwiderte Luca.

„Was ist es denn so Wichtiges?“, fragte Emily mit ge-

rümpfter Nase. „Kannst du's uns nicht gleich erzählen? Das dauert hier noch ewig, bis wir unser Eis haben!"
„Seid nicht so neugierig", grinste Luca. „Mein Plan braucht eine gewisse Atmosphäre."
Marie zog die Augenbrauen zusammen, sagte aber nichts.

Als die vier ihre Eishörnchen in den Händen hielten, schlenderten sie zum Springplatz zurück und setzten sich dort auf eine Bank in den Sonnenschein.
Der Platz lag wie ausgestorben da. Es duftete nach einer Mischung aus Gras, Sonne, Heu und Pferden. Für die Freunde war es der schönste Geruch der Welt.
„Nun rück endlich raus", drängelte Benni. „Wie lautet dein toller Plan?"
Luca nahm sich extra viel Zeit. Er leckte genüsslich an seinem Eis, ließ seinen Blick über das Gelände schweifen und zwinkerte verträumt in den Himmel.
„Luca!", sagte Marie schließlich genervt. „Wir warten!"
Luca sah sie scheinbar verwirrt an. Dann hob er die Augenbrauen, schleckte noch einmal an seinem Eis und verkündete feierlich: „Wir machen auch so was!"
„Was?", fragte Benni verständnislos.

„Ein Turnier natürlich! Wir veranstalten ein Reitturnier!“ Luca sagte es, als wäre es die normalste Sache der Welt.

„Ja, klar“, nickte Benni. „Wenn's weiter nichts ist.“

„Spinnt ihr?“ Emily knabberte ihr Waffelhörnchen rundherum ab. „Wovon redet ihr überhaupt?“

Luca sprang auf.

„Wir veranstalten ein eigenes Reitturnier!“, rief er und fuchtelte lebhaft mit den Händen. „Gleich morgen sprechen wir mit Sven und dann geht's los. Wer ist dafür?“

Sofort schoss Bennis Hand in die Höhe.

Lucas auch.

Emily und Marie zögerten.

„Ist das euer Ernst?“, fragte Marie. „Ihr wollt ein eigenes Turnier aufziehen? Mit allem Drum und Dran?“

„Wenn Sven uns die Erlaubnis gibt, ja“, erwiderte Luca. „Wär das nicht super? Unser eigenes Reitturnier im Brombeerhain?“

„Total genial“, stimmte Benni ihm zu. „Was der Buchenhof kann, können wir schon lange.“

„Aber bitte ohne Springprüfung“, jammerte Emily. „Nach dem, was Hagen und Winnie passiert ist, ist mir die Lust an Parcours erst mal vergangen. Ich weiß nicht,

ob ich mich überwinden kann, mit Toffy jemals wieder über ein Hindernis zu gehen."
Luca winkte ab. „Natürlich gibt's ein Springen. Das wird das Highlight unseres Turniers!"
„Du musst ja nicht mitmachen", sagte Benni zu Emily. „Dann reitest du eben nur Dressur."
Emily lächelte. „Das hört sich schon besser an."
„Und wir machen Pflegewettbewerbe für die Kleinen!" Maries Begeisterung war geweckt. „Ihr wisst schon, solche Prüfungen, bei denen die Pferde und Ponys am Zügel vorgeführt werden."
Die vier Freunde guckten sich an.
„Ich seh's schon vor mir", sagte Marie. „Das wird so super!"
Plötzlich waren sie Feuer und Flamme. Jeder machte einen Vorschlag. Die anderen fügten etwas hinzu. Schon bald hatten sie rote Wangen vor Begeisterung.
Luca wurde für seine geniale Idee gelobt. Der Plan für das Reitturnier stand so gut wie fest.
„Aber wie wollen wir Sven davon überzeugen, dass er uns das Ganze erlaubt?", fragte Emily irgendwann.
„Tja, das ist ein Problem", gab Luca zu. „Aber das könnt ihr mir überlassen."

Emily und Marie protestierten.
„Wieso das denn?“, fragte Emily.
„Nur weil es zufällig deine Idee war?“ Marie schüttelte den Kopf. „Ich finde, wir fragen ihn alle zusammen.“
Benni gab den Mädchen Recht.
„Okay“, sagte Luca. „Einverstanden.“
„Zu viert können wir ihn bestimmt weichklopfen“, meinte Benni. Es klang optimistischer, als er war.
„Er muss es einfach erlauben!“, rief Marie.
„Mehr als Nein sagen kann er schließlich nicht“, fügte Emily seufzend hinzu.
„Wir schaffen das!“ Luca nickte entschlossen. Er reckte das Kinn vor und hielt eine Hand hoch. Die anderen klatschten ihn ab.

Pferd müsste man sein

„Was habt ihr vor? Ein Turnier veranstalten? Hier, auf meinem Reiterhof?"
Sven starrte seine Reitschüler an, als wären ihnen über Nacht spitze grüne Ohren gewachsen. Er stand mit verschränkten Armen in der Stallgasse und verzog das Gesicht.
„Sieht aus, als hätte er Zahnschmerzen", flüsterte Emily Marie zu. Die nickte stumm.
Die vier Freunde hatten all ihren Mut zusammengenommen und Sven von ihrem Plan erzählt. Jetzt versuchten sie, ihn von der absoluten Notwendigkeit eines eigenen Reitturniers zu überzeugen.
„Wo ist das Problem?", erwiderte Luca. „Ist der Brombeerhain nicht auch ein bisschen unser Reiterhof? Meine Mam hat neulich erst wieder gesagt, ich könnte glatt

mein Bett hier aufstellen, weil ich sowieso die meiste Zeit im Stall bin."

„Und unsere Hausaufgaben machen wir auch am liebsten hier", grinste Benni.

Sven war sprachlos. Er schien sogar kurz die Luft anzuhalten, bevor er etwas kaum Verständliches knurrte. Es klang wie „Ihr raubt mir noch den allerletzten Nerv!"

Luca und die anderen überhörten es und lächelten.

„Wir waren doch gerade auf dem Buchenhof-Turnier", sagte Marie. „Das war unglaublich, echt. Ich hatte ja keinen Schimmer, wie spannend so ein Turnier sein kann!"

„Und da dachten wir natürlich", mischte Emily sich ein, „dass wir das auch können."

„Natürlich nicht gleich so riesig und professionell", fügte Benni schnell hinzu, als er Svens erschrockenen Blick bemerkte. „Wir dachten eher an ein kleineres Turnier mit einfachen Wettbewerben und nicht so vielen Teilnehmern."

„Ihr habt doch keine Ahnung, wie viel Vorbereitung so eine Veranstaltung braucht! Von der ganzen Mühe und Arbeit bei der Durchführung mal ganz zu schweigen", erwiderte Sven. „Das geht nicht mal eben so hopplahopp!"

Luca zog einen langen Halm aus einem Strohballen und zupfte daran herum.
„Das ist uns schon klar", meinte er. „Wir versprechen dir auch, dass du dich um nichts zu kümmern brauchst. Na ja, um fast nichts. Wir brauchen natürlich den Platz von dir. Das Dressurviereck zum Beispiel. Und bei schlechtem Wetter vielleicht noch die Reithalle. Dann noch eine Koppel für die Gastpferde, ein paar Parkplätze für die Zuschauer und …" Luca unterbrach sich selbst. Die Liste schien ihm plötzlich viel zu lang. Er fand es schlauer, seine Aufzählung vorzeitig zu beenden und Sven stattdessen aufmunternd anzustrahlen.
Der Reitlehrer erwiderte das Strahlen nicht, sondern seufzte stattdessen vernehmbar.
„Wir drucken die Plakate und Eintrittskarten selbst", versprach Benni. „Ich hab zu Hause auf meinem PC eine geniale Software. Damit ist das überhaupt kein Problem."
„Marie und ich klappern sämtliche Geschäfte und Firmen ab und organisieren Spenden und Preise", sagte Emily. Ihre Augen funkelten vor Eifer.
„Und unsere Eltern spendieren Kaffee und Kuchen!", rief Marie. „Das machen die bestimmt gerne. Mein Vater

könnte auch Würstchen grillen. Das ist sozusagen sein Hobby."
„Sein Hobby?" Sven warf ihr einen skeptischen Blick zu.
„Echt wahr", versicherte Marie todernst. „Du kannst ihn jederzeit fragen."
Sven wollte noch etwas erwidern, als ein grüner Jeep auf den Hof rollte und vor dem Stall hielt.
„Das ist Robert", sagte Sven.
Emily, Marie, Benni und Luca folgten ihm hinaus. Als die Tür des Jeeps geöffnet wurde, sprang ein junger Dackel aus dem Wagen. Er drehte sich ein paarmal um die eigene Achse und versuchte, nach seinem eigenen Schwanz zu schnappen. Als er keinen Erfolg hatte, stürmte er jaulend auf Sven und die Reitschüler zu.
„Rasmus!", rief Marie. Der Hund warf sich vor Begeisterung auf den Boden, rollte sich auf den Rücken und ließ sich von ihr den kugelrunden Bauch kraulen.
Sven wandte sich an den Hundebesitzer. „Was gibt's?"
Robert Neelsen schüttelte ihm die Hand. „Nichts Besonderes. Ich war gerade in der Nähe und dachte, ich schau mal rein."
„Cool", meinte Luca. „Lange nicht gesehen."

„Im Moment ist im Forst unheimlich viel zu tun." Herr Neelsen kratzte sich hinterm Ohr. „Ich komm zu nichts anderem mehr. Habt ihr mal nach den Haflingern geschaut?"

„Ja, klar", sagte Marie sofort. „Wir besuchen sie jeden Tag und kümmern uns um sie."

„Klasse!" Der junge Förster nickte. „Ich lass die vier ziemlich verwildern. Gut, dass ihr wenigstens hin und wieder nach ihnen seht."

„Logo", sagte Benni. „Du kannst dich auf uns verlassen."

Herr Neelsen warf Sven einen Blick zu.

Der hob eine Augenbraue. „Ja, stimmt. Die vier kümmern sich wirklich gut um die Fohlen. Sie können es kaum abwarten, dass du endlich mit ihrer Ausbildung für die Waldarbeit anfängst." Luca nickte und wollte etwas sagen, aber Sven fuhr schon fort: „Im Moment haben sie allerdings ein paar ziemlich wilde Flausen im Kopf. Wenn du Zeit für einen Kaffee hast, erzähl ich's dir."

„Ja, gerne." Robert Neelsen schloss die Wagentür. „Ich wollte sowieso mit dir über die nächste Holzlieferung sprechen. Passt ihr so lange auf Rasmus auf?"

Marie nickte, während sie dem Dackel übers Fell strich. „Kein Problem. Wir sind den ganzen Nachmittag auf dem Hof."

Luca stupste den Förster mit dem Ellbogen an. „Glaub bloß nicht alles, was unser Reitlehrer erzählt", grinste er. „Wir haben alles im Griff."

Robert machte ein ratloses Gesicht. „Ähm, ja, davon bin ich überzeugt", sagte er und folgte Sven ins Haus.

Die vier Freunde suchten ein Stöckchen und warfen es für Rasmus, der es unermüdlich immer wieder zurückbrachte.

„Das kann der spielen, bis er umkippt", meinte Luca. „Ich hab noch nie so einen durchgeknallten Hund gesehen."

Tatsächlich hing dem kleinen Dackel schon nach wenigen Minuten die Zunge aus dem Maul, aber er hörte einfach nicht auf zu betteln und forderte energisch, dass das Stöckchen weiterhin für ihn durch die Luft flog.

Emily und Marie hockten sich auf einen Baumstamm und guckten zu, wie Benni und Luca sich mit dem Werfen abwechselten.

Maries Blick wanderte über den Hof hinüber zur Koppel, wo die bunte Pferdeherde des Brombeerhains den Nachmittag im Sonnenschein verbummelte.
„Guck mal, Robbie und Toffy", sagte sie zu Emily. „Echt süß, die beiden."
Der Fuchs und der Rappe standen dicht nebeneinander und beknabberten sich gegenseitig das Fell. In ihrer Nähe zupften Bonito und Möwe einträchtig an einem dicken Grasbüschel.
„Die haben's echt gut", seufzte Marie. „Sie müssen nicht zur Schule, brauchen sich um nichts zu kümmern, müssen ihr Zimmer nicht aufräumen, keine Tests schreiben und haben nie Stress mit den Eltern."
Emily horchte auf. „Wieso? Hast du etwa Stress mit deinen Eltern?"
„Nö", erwiderte Marie. „Ich meinte das ganz allgemein. Guck sie dir doch an! Sie stehen den ganzen Tag auf der Wiese, werden von uns betüdelt, gefüttert und gestriegelt und ab und zu mal geritten. So ein Pferdeleben ist doch einfach herrlich!"
„Hm, ich weiß nicht", sagte Emily nachdenklich. „Ich bin mit meinem Menschenleben eigentlich ganz zufrieden."

„Ich ja auch." Marie kicherte. „Trotzdem würde ich gerne mal für einen Tag mit Robbie tauschen. Ich wüsste zu gern, wie das ist, wenn man ein Pferd ist."

„Lass dir doch einfach ein dickes Fell wachsen und misch dich unter die Herde", schlug Luca vor. Er hatte den letzten Satz gehört. „Dann weißt du, wie's ist."

„Klar, und dann kommt jeden Tag der dicke Luca", grinste Benni, „wirft dir einen schweren Sattel ins Kreuz, schiebt dir eine Eisenstange zwischen die Zähne und hetzt dich über den Parcours, ob du willst oder nicht. Nee danke. Ich kann mir nicht vorstellen, dass das besonders witzig ist."

Luca gab ihm einen Knuff. Benni knuffte zurück. Sie rangelten ein bisschen herum, bis Rasmus schließlich laut bellte.

„Lasst uns mal zu den Haflingern gehen, bevor Benni noch mehr blöde Sprüche produziert", schlug Luca vor und rieb sich die Schulter. „Sven und Robert wissen ja, wo sie uns finden."

„Apropos blöde Sprüche ...", sagte Benni. „Kennt ihr den schon? Kommt ein Pferd in den Saloon. Fragt der Barkeeper: Warum denn so ein langes Gesicht? Hihi, versteht ihr? Pferd, langes Gesicht." Benni schlug sich prustend auf den Oberschenkel.

Die anderen schüttelten die Köpfe.
„Moment, ich hab auch einen!“, rief Luca. „Ist der Chef schon vom Ausritt zurück?, fragt der Stallbursche. Nee, antwortet der andere. Aber es kann nicht mehr lange dauern. Sein Pferd ist schon da.“
Die Jungs kringelten sich fast vor Lachen.
„Echt witzig!“ Marie rollte mit den Augen. Emily giggelte. Sie sprangen auf und liefen mit Rasmus voraus. Benni und Luca folgten ihnen.

An der Fohlenkoppel griff Luca in Rasmus’ Halsband.
„Mach schön sitz!“, sagte er.
Der Dackel ließ sich auf sein Hinterteil plumpsen und wedelte erwartungsvoll mit dem Schwanz. Mit großen Augen blickte er den Jungen an.
„Nein, du bleibst hier und passt schön auf“, sagte Luca. „Keine Pferdejagd, verstehst du?“
Der Dackel liebte es, auf die Koppel zu stürmen, den Pferden zwischen den Beinen hindurchzulaufen und sie zum Toben herauszufordern. Allerdings missverstanden manche Pferde seine Aufforderung zum Spielen. Sie fühlten sich von dem Hund bedroht und traten und schnappten nach ihm. Oder sie gingen durch und er-

griffen die Flucht, um den Quälgeist loszuwerden. Luca und die anderen wussten das und nahmen Rasmus deshalb nie mit auf die Weide.

Rasmus, der gut erzogen war, blieb brav am Zaun sitzen, winselte einmal leise und ergab sich schließlich in sein Hundeschicksal.

„Feenfell!“, rief Marie.

„Honigschweif!“, lockte Emily.

Die Haflinger standen am Ende der Koppel und knabberten am Gras. Als sie die Menschen bemerkten, hoben sie die Köpfe und spitzten die Ohren.

„Hey, Wicky!“ Luca legte zwei Finger an die Lippen und pfiff.

Wicky, ein kräftiger Fuchshengst, wieherte zwar, machte aber keine Anstalten, näher zu kommen. Im Gegenteil, er drehte sich um und präsentierte Luca sein rundes Hinterteil. Kurz darauf machte er einen fröhlichen Hüpfer und jagte im gestreckten Galopp davon.

Das ließen sich die anderen Pferde nicht zweimal sagen. Wie auf ein geheimes Kommando machten sie ebenfalls kehrt und stürmten hinter ihrem Anführer her.

Mirabello hatte Wicky schon bald eingeholt. Er schlug einen kurzen Haken, zwickte seinem Halbbruder in den

Hals und trat nach ihm. Dann zog er das Tempo an und übernahm die Führung.

„Yeah! Eins zu null für Mirabello!", rief Benni.

„Das ist noch lange nicht entschieden", widersprach Luca ihm sofort. „Es wird sich noch zeigen, wer der Leithengst ist!"

„Mirabello ist viel größer als Wicky", gab Benni zurück. „Und außerdem ist er schneller. Hast du doch gerade gesehen!"

Marie seufzte. „Ist doch ganz egal, oder?"

„Find ich auch", schloss Emily sich der Freundin an „Wenn das mit den beiden so weitergeht, verletzen sie sich höchstens noch!"

„Blödsinn. Das sind ganz normale Rangstreitigkeiten." Luca winkte ab. „Das ist nun mal so bei Hengsten."

„Komisch, dass Jungs sich immer raufen müssen", meinte Emily. „Bei den Tieren genauso wie bei den Menschen."

„Und einer muss immer der Anführer sein." Marie verdrehte die Augen. „Echt toll!"

Benni und Luca grinsten. Sie standen am Zaun und hatten die Hände in den Taschen ihrer Jeans vergraben.

Plötzlich sprang Rasmus auf. „Wuff!", kläffte er.

Die Freunde drehten sich um.

Sven, seine Frau Claudia und Robert Neelsen stapften durch das Gras und stellten sich zu ihnen an das Gatter.

Rasmus begrüßte sein Herrchen, als hätte er es seit Stunden nicht gesehen. Er jaulte und winselte und überschlug sich fast vor Wiedersehensfreude.

„Na, ihr vier?“, lächelte die Frau des Reitlehrers. „Wo sind denn die Fohlen?“

„Abgehauen“, gab Luca zu.

„Gönnt ihnen ihre Freiheit.“ Robert wehrte seinen zudringlichen Hund ab und legte die Arme auf das Holzgatter.

Claudia nickte. „Stimmt, bald beginnt für sie der Ernst des Lebens. Dann heißt es einspannen und Bäume rücken.“

Sven sagte nichts. Er lehnte sich gegen den Zaun und betrachtete scheinbar interessiert die Jungpferde.

Mirabello, Feenfell, Wicky und Honigschweif hatten ihre wilde Jagd beendet und schielten nun, halb neugierig, halb misstrauisch, zu den Menschen herüber.

„Ähm …“, fing Luca zögernd an. „Hast du’s dir inzwischen überlegt?“

Der Reitlehrer zog die Augenbrauen hoch. „Überlegt? Was denn?"

Luca wechselte einen Blick mit den anderen und runzelte die Stirn. „Na, die Sache mit unserem Turnier. Du weißt schon."

„Ach so, das Turnier …", erwiderte Sven gedehnt. „Stimmt. Wir haben vorhin darüber gesprochen."

„Und?", fragte Benni. Er stellte sich neben Luca. „Was sagst du dazu?"

„Tja, was soll ich sagen?" Sven Stapenbeck warf Claudia und Robert einen belustigten Blick zu.

„Weißt du zufällig, worum es geht?", wandte sich Claudia an den Förster.

„Nur ansatzweise", sagte der und schüttelte leicht den Kopf, bevor er sich bückte, um Rasmus zu kraulen.

„Das ist nicht euer Ernst, oder?" Luca raufte sich die Haare. „Wir planen ein Reitturnier mit allem Drum und Dran und jetzt will plötzlich keiner mehr was davon wissen? Ich krieg die Krise! – Sagt doch auch mal was!", blaffte er seine Freunde an. „Es ist schließlich unser gemeinsames Projekt!"

Emily, Marie und Benni schauten sich ratlos an.

Benni zuckte mit den Achseln und wollte gerade etwas

sagen, als Sven anfing zu lachen. Robert Neelsen und Claudia fielen mit ein. Sie bogen sich fast vor Lachen und wollten gar nicht wieder aufhören. Sven hielt sich sogar den Bauch. Er hatte Tränen in den Augen, zeigte auf Lucas entgeistertes Gesicht und prustete laut.
„Ich glaub, ich hab irgendwie den Witz nicht ganz mitgekriegt“, knurrte Luca.
Claudia stupste ihn an. „’tschuldigung“, sagte sie. „Aber eure Gesichter waren gerade zu süß! Wir wollten uns nicht über euch lustig machen.“
Sven lachte immer noch.
Luca warf ihm einen finsteren Blick zu. „Was ist denn nun?“
Sven nickte grinsend.
Luca blieb der Mund offen stehen.
Emily und Marie starrten sich an.
Benni riss die Augen auf. „Heißt das …?“, brachte er hervor. „Soll das heißen, dass …?“
Sven nickte noch einmal. „Ja“, sagte er. „Das soll heißen, dass wir ein Turnier veranstalten. Ich hab mich mit Claudia und Robert beraten. Sie sind beide der Meinung, dass ein nettes, kleines Turnier genau das wäre, was uns hier noch fehlte. Ich bin mir zwar nicht sicher, ob das stimmt,

aber sie haben es geschafft, mich zu überzeugen.“ Er zeigte auf seine Frau und den Förster. „Bedankt euch also nicht bei mir, sondern bei ihnen.“

Lucas Unterkiefer hing noch immer herunter. Erst als Marie ihm den Ellenbogen zwischen die Rippen bohrte, klappte er den Mund endlich wieder zu.

Benni machte einen Luftsprung und gab Emily einen Kuss auf die Nasenspitze.

Marie hüpfte um Luca herum und wedelte mit beiden Händen vor seinem Gesicht hin und her. „Hey, wach auf!“, schrie sie ihm ins Ohr. „Hast du’s nicht gehört? Wir machen unser eigenes Turnier!“

Luca erwachte aus seiner Starre. Er hob Marie hoch und wirbelte sie im Kreis herum. „Yes!“, rief er. „Jippieh! Ein Turnier für vier!“

„Lass mich runter!“, protestierte Marie lachend. „Mir wird schwindelig!“

Luca setzte sie betont vorsichtig wieder ab. Mit strahlenden Augen wandte er sich an Sven. „Boah, das ist voll cool! Danke!“

„Schon okay“, winkte Sven ab. Sein Gesicht wurde wieder ernst. „Ich hoffe, ihr wisst, worauf ihr euch da einlasst. Ihr habt mir versprochen, euch um alles zu kümmern.

Natürlich helf ich euch. Aber die Verantwortung liegt jetzt bei euch."

Die Freunde nickten.

Claudia schob sich nach vorn. „Ich bin ja auch noch da", lächelte sie.

„Ich auch!", rief Herr Neelsen. „Zusammen kriegen wir das hin, das wär doch gelacht!"

„Yeah!", riefen Luca, Benni, Emily und Marie im Chor.

Rasmus bellte einmal kurz auf, als wollte er die Sache damit besiegeln.

Pferde haben acht Beine und ein Turnier ist kein Kinderspiel

„Puh, ich hätte niemals gedacht, dass es da so viel zu bedenken gibt!“, beschwerte Marie sich ein paar Tage später. „Ich weiß schon gar nicht mehr, wo mir der Kopf steht!“

„Er befindet sich immer noch auf deinem Hals“, erwiderte Luca trocken. „Ungefähr zwischen den Schulterblättern, nur etwas höher.“

Die Freunde saßen in Maries Zimmer und stellten lange Listen auf, was sie noch alles erledigen mussten. Luca hatte die Leitung der Versammlung freiwillig an Marie abgegeben und sich als Schriftführer zur Verfügung gestellt. Er hielt eine dicke Kladde auf seinem Schoß fest, kaute auf einem Kuli und lächelte Marie aufmunternd zu.

„Wo waren wir gerade stehen geblieben?“ Marie raufte sich die Haare.

„Bei den Hindernissen“, war Emilys knappe Antwort.

„Stimmt“, nickte Benni. „Wir haben eindeutig zu wenige Hindernisstangen für ein anständiges Turnier.“

„Aber wo sollen wir so schnell neue herkriegen?“, jammerte Marie.

Luca fand, dass sie sich ein bisschen zu sehr anstellte. Immerhin war sie die Vorsitzende und sollte auf Fragen und Probleme souverän reagieren. Er war kurz davor, ihr die Aufgabe abzunehmen, aber er hielt sich zurück. Er hob brav eine Hand.

„Was?“, fragte Marie gereizt. „Hast du etwa eine Idee?“

„Ja, hab ich“, grinste er.

„Und wie lautet die?“

„Wir bauen uns welche!“

Marie starrte ihn an. „Wie bitte?“

„Hindernisse“, sagte Luca trocken. „Wir bauen uns einfach selbst welche!“

Benni und Emily wechselten einen Blick.

Benni nickte und sagte: „Guter Plan! Ich bin einverstanden.“
„Moment mal“, sagte Marie. „Ich leite die Versammlung, schon vergessen? Zuerst müssen wir abstimmen, ob wir Lucas tolle Idee annehmen oder nicht.“ Sie betonte das Wort „Idee“ extra und malte mit den Fingern Gänsefüßchen in die Luft.
Luca grinste.
Emily verdrehte die Augen.
„Warum nicht?“, seufzte sie. „Lasst uns abstimmen.“
Alle hoben die Hand. Auch Marie.
„Okay“, sagte sie. „Luca, schreib's auf. Dein Vorschlag wurde einstimmig angenommen. Wir bauen uns unsere Hindernisse selbst.“
„Wir werden aber 'ne ganze Menge Holz brauchen“, warf Benni ein.
„Robert hat nach dem letzten Sturm ein Stück Wald gerodet“, entgegnete Luca. „Ich glaub, da liegt noch genug Bruchholz rum. Bestimmt überlässt er uns ein paar Stämme.“
„Und woher bekommen wir die Farbe?“ Benni ließ nicht locker.
„Vielleicht hat Sven noch irgendwo Reste rumstehen“,

sagte Emily hoffnungsvoll. „Der wirft doch nie was weg.“
Marie stand auf und wanderte in ihrem gemütlichen kleinen Zimmer hin und her.
„Okay“, sagte sie nach einer ganzen Weile. „Wir fragen Sven und Robert. Schließlich haben sie versprochen, uns zu helfen. Haben wir wirklich an alles gedacht?“ Sie tippte sich an die Nasenspitze.
Luca zückte seine Notizen und las sie laut vor.
„Spenden und Preise organisieren, Plakate aufhängen, Einladungen verschicken, Hindernisse bauen und anmalen, trainieren …“
„Trainieren?“ Marie schlug sich an die Stirn. „Hilfe, wir müssen sofort los! Es ist gleich halb drei! Sven rastet aus, wenn ausgerechnet das Organisationskomitee nicht pünktlich zum Springtraining kommt.“
Benni sprang auf. „Los, wir müssen uns beeilen!“
Marie und Emily hüpften schon die Treppe hinunter. Luca und Benni folgten ihnen.
„Wir sind das Team des Brombeerhains“, sagte Luca wichtig. „Wir dürfen uns auf keinen Fall blamieren. Training muss sein!“
„Dann komm mal ein bisschen in die Hufe!“ Benni

schlug ihm von hinten auf die Schulter. „Sonst findet es heute ohne uns statt."

Als die vier auf ihren Rädern in Richtung Reiterhof rollten, gab es nur ein einziges Thema: das Turnier. Emily machte sich Sorgen, dass sie vielleicht etwas Wichtiges vergessen hatten.

„Ich hab so ein komisches Gefühl", meinte sie.

„Passt schon", erwiderte Benni gutmütig. „Falls uns noch was einfällt, haben wir auf jeden Fall noch genug Zeit, um uns darum zu kümmern."

„Ja, zum Glück!" Emily pustete sich eine Haarsträhne aus der Stirn und strampelte ein bisschen schneller. Sie war sich noch gar nicht sicher, ob sie sich überhaupt für das Turnier anmelden sollte, aber das behielt sie lieber für sich. Mithelfen – klar, das wollte sie unbedingt. Aber mitreiten? Bei dem bloßen Gedanken, vor Publikum zu reiten, schüttelte sie sich. Was Prüfungen betraf, hielt sich ihr Ehrgeiz eindeutig in Grenzen.

Als hätte sie ihre Gedanken gelesen, schlug Marie ihr vor, sich für einen Zügel- und Pflegewettbewerb einzutragen. „Da musst du gar nicht reiten", meinte sie. „Die Pferde werden einfach nur an der Hand vorgeführt."

Luca machte eine Vollbremsung. Um ein Haar fuhr Benni ihm auf das hintere Schutzblech auf.

„Das kommt ja gar nicht in die Tüte!", schimpfte Luca. „Von uns nimmt keiner an so einem piefigen Wettbewerb teil. Das ist was für Anfänger!" Er schwang sich wieder auf sein Fahrrad. „Wir treten zusammen beim Mannschaftsspringen an. Eine Mannschaft besteht immer aus vier Reitern. Passt genau. Warum machen wir denn sonst den Springkurs mit? Um mit unseren Pferden am langen Zügel durchs Viereck zu latschen? Nix da!" Er schüttelte entschlossen den Kopf. „Wir sind ein Team und machen beim Springen mit. Basta."

Emily und Marie waren sprachlos. Benni warf den Mädchen einen beunruhigten Blick zu, als befürchtete er einen Vulkanausbruch oder etwas in der Art.

„Wir haben noch viel Zeit zum Trainieren", versuchte er zu vermitteln. „Ihr könnt's euch ja noch mal ganz in Ruhe überlegen. Bis zum Turnier sind es immerhin noch fast vier Wochen."

„Ja, klar. Das ist mal wieder typisch", zischte Marie. „Dass ihr Blödis immer zusammenhaltet! Wir Mädchen können unsere Entscheidungen ganz gut alleine treffen. Dazu brauchen wir keine Jungs, die sowieso immer alles besser wissen!“ Sie rollte mit kräftigen Pedaltritten an Luca und Benni vorbei.

Emily hatte einige Mühe, sie wieder einzuholen.

„Ist doch wahr“, knurrte Marie ihr zu.

Emily nickte. „Weißt du was? Wir sollten uns beide für den Vorführwettbewerb melden. Luca würde vor Wut platzen.“

„Ganz bestimmt“, kicherte Marie. „Die Sache hat nur einen kleinen Haken.“

„Welchen denn?“, fragte Emily.

„Ich würde wirklich gerne beim Springen mitmachen“, erwiderte Marie. „Ich will es mir nur nicht von Luca vorschreiben lassen. Verstehst du?“

„Ähm, ja“, sagte Emily und runzelte die Stirn. „Aber wieso machst du dann so einen Wirbel um die Sache, wenn du doch eigentlich seiner Meinung bist?“

„Damit Luca nicht immer gleich seinen Willen kriegt.“ Marie lächelte. „Lass ihn ruhig ein bisschen zappeln. Das tut ihm mal ganz gut.“ Sie warf einen Blick über die Schulter. Die Jungs radelten in einigem Abstand hinterher und unterhielten sich über Fußball.

„Aber ich dachte, ihr habt euch wieder vertragen?“, wunderte sich Emily.

„Haben wir auch", erwiderte Marie grinsend. „Trotzdem … So leicht kommt er mir nicht davon!"

Im Stall kündigten bereits erste Plakate das große Ereignis an. Benni hatte sie an seinem Computer entworfen und in einem Copyshop extra groß ausdrucken lassen. In der Sattelkammer hingen die Teilnehmerlisten für die verschiedenen Prüfungen, in die man sich eintragen konnte.

„Wow!", staunte Luca, als er einen Blick darauf warf. „Das werden ja immer mehr!"

Sven stellte sich neben ihn und nickte.

„Anscheinend wollen alle mitmachen", meinte er. „Ich wusste gar nicht, dass ich so ehrgeizige Reitschüler hab."

„Da kannst du mal sehen", gab Luca zurück. „Die ganzen verborgenen Talente müssen nur mal einen kleinen Schubs kriegen, damit sie zum Vorschein kommen. Ist doch cool!"

„Ja, total cool", murmelte Sven und studierte die Listen. „Obwohl – ein paar von den Talenten muss ich wohl etwas bremsen. Carolina reitet erst seit zwei Wochen und will das A-Springen mitmachen?“ Er nahm einen Kuli, strich Carolinas Namen durch und setzte ihn auf die Liste des Zügelwettbewerbs für Anfänger.

„Habt ihr euch übrigens schon Gedanken gemacht, welche Gastreiter ihr einladen wollt?“, fragte er dann. „Oder soll es nur ein Hofturnier werden?“

„Nee, wir laden auf jeden Fall andere Reiter ein“, sagte Luca. „Vanessa hat ihre Einladung schon bekommen und zugesagt, dass sie kommt.“

Bennis Kopf schob sich über Lucas Schulter.

„Wenn Vanessa kommt, sollten wir Hagen vielleicht auch einladen“, schlug er vor.

Luca zog die Stirn kraus. „Muss das sein?“

„Ja!“, sagte Marie. „Prominente Reiter werten ein Turnier auf und steigern das Interesse. Wenn Hagen kommt, kriegt vielleicht sogar irgendeine Zeitung Wind davon und berichtet über uns.“

„Wir sollten auch Morten und Bandit einladen“, mischte Emily sich ein. Sie hatte gesehen, dass sich Lucas Gesicht bei Maries Bemerkung leicht verfinstert hatte, und wollte einem Streit zuvorkommen. „Morten ist Roberts Neffe. Er gehört dazu, oder nicht?“

„Logo!“, sagte Luca sofort. „Der bekommt sogar eine Ehrenkarte!“ Er griff nach dem Kugelschreiber und trug den Namen eigenhändig in die Teilnehmerliste ein.

„Aber du weißt doch gar nicht, ob Morten beim Springen mitmachen will“, meckerte Marie. „Vielleicht reitet er mit Bandit viel lieber Dressur!“

Luca stöhnte auf und schrieb Mortens Namen auch noch in die Dressurspalte.

„Jetzt kann er sich's aussuchen. Zufrieden?“

„Ja“, sagte Marie. Sie drehte sich um und verschwand ohne ein weiteres Wort in der Sattelkammer.

Auch Sven wandte sich zum Gehen.

„Seid bitte in zwanzig Minuten in der Halle. Heute springen wir richtig!“

„Wie richtig? So richtig über Hindernisse?“ Luca konnte sein Glück kaum fassen.

„Jepp.“ Sven strubbelte ihm durch die Haare und ging.

Luca schlug Benni auf die Schulter. „Boah, Wahnsinn! Dass ich das noch erleben darf!“

„Wenn du so weitermachst, erleb ich es leider nicht mehr“, ächzte Benni und hielt sich die Schulter.

Luca grinste. „Wusstet ihr eigentlich schon, dass Pferde acht Beine haben?“

„Ja, nee, ist klar!“ Benni zeigte ihm einen Vogel.
„Vorne zwei, hinten zwei, links zwei und rechts zwei“, zählte Luca auf und strahlte.
Benni klatschte ihn ab.
Emily stöhnte auf und huschte hinter Marie her in die Sattelkammer.
„Wir springen gleich über richtige Hindernisse und Luca macht blöde Witze!“, jammerte sie.
Marie tätschelte ihr beruhigend den Arm.
„Das mit den blöden Sprüchen ist doch nichts Neues bei Luca! Aber keine Panik wegen des Springens. Toffy macht das schon. Der hüpft doch wie ein Känguru!“
„Er schon, aber ich nicht!“ Emily nahm Toffys Sattel und das Zaumzeug vom Haken und stöhnte noch einmal.
„Halt dich einfach gut fest“, schlug Luca vor, als sie an ihm vorbeiging.
Emily streckte ihm die Zunge raus.

Gemeinsam gingen die vier zu ihren Pferden, um sie für die Springstunde aufzuzäumen und zu satteln. Luca konnte sein Glück immer noch nicht fassen.
„Wir springen über echte Hindernisse“, murmelte er vor sich hin. „Richtige, echte Hindernisse!“

Benni rollte mit den Augen und ließ Luca stehen, während er zu Möwe ging.
Emily und Marie hatten ihre Pferde schon eingefangen und streiften ihnen die Reithalfter über. Emily zupfte Toffys dicken Stirnschopf liebevoll zurecht.
„Hey, Süßer", raunte sie ihrem Pferd ins gespitzte Ohr. „Lass mich bloß nicht im Stich!"
Toffy knabberte an ihrem T-Shirt und schnaubte. Trotz Emilys hingebungsvoller Pflege sah er irgendwie immer ein bisschen struppig aus, aber Emily war das ganz egal. Für sie war es Liebe auf den ersten Blick gewesen, als sie Toffy zum ersten Mal gesehen hatte. Sie hatte etwas in seinen Augen entdeckt; einen ganz besonderen Ausdruck, der ihr Herz berührt hatte.
„Mit dir hab ich fast keine Angst vorm Springen", murmelte sie, während sie den Sattel auflegte und die Satteldecke glatt zog. „Pass einfach auf, dass ich alles richtig mache, okay? Dann kriegen wir den Rest schon irgendwie hin."
Toffy blinzelte ihr zu und nickte. Oder bildete Emily sich das nur ein? Sie lächelte, als sie ihn von der Koppel führte.

Seit dem Buchenhofturnier waren Luca, Benni, Marie und Emily mit Feuereifer und viel Ehrgeiz bei der Sache. Allen voran natürlich Luca. Im Fernsehen ließ er sich keine Turnierübertragung mehr entgehen und abends wälzte er Fachzeitschriften und Pferdebücher. In einer ruhigen Minute hatte er sogar darüber nachgedacht, sich ein rotes Turnierjackett anzuschaffen. Genau so eins, wie es die echten Springprofis im Fernsehen trugen. Mit schwarzem Samtkragen und flatternden Rockschößen. Als er jetzt mit seinem Pferd die Reithalle betrat, fiel ihm allerdings die Kinnlade herunter. Die Hindernisse kamen ihm nicht sehr profimäßig vor.

„Schon wieder Cavaletti?", stöhnte er auf. „Du hast doch gesagt, wir springen heute richtig!"

„Wart's einfach ab", erwiderte Sven geduldig. Er ging die Abteilung entlang und blieb vor Luca und Bonito stehen. „Die Cavaletti brauchen wir zum Aufwärmen und Lockern. Kein Reiter springt mit seinem Pferd gleich aus dem Stand über hohe Hindernisse. Auch du nicht."

Luca nickte zerknirscht. Vermutlich hatte Sven Recht. So was Ähnliches hatte jedenfalls auch in einem der Lehrbücher gestanden, das er gerade erst gelesen hatte. Er beschloss, sich zu gedulden, auch wenn's schwerfiel.

„Ihr lasst die Pferde wie gewohnt im Schritt und Trab am langen Zügel über die Cavaletti gehen", erklärte der Reitlehrer weiter. „Wenn sie schön warm und gelöst sind, geht's an die Hindernisse. Auch wenn du es nicht gerne hörst, Luca: Was das Springen angeht, seid ihr Anfänger. Und Anfänger fangen am Anfang an. Das sagt doch schon der Name. Apropos Hindernisse … Robert holt am Wochenende Baumstämme aus dem Wald, für die Hindernisstangen. Sie müssen gesägt, gehobelt und lackiert werden. Kann jemand von euch helfen?"

Alle Hände schossen in die Höhe.

Sven schmunzelte.

„Klasse! Aber fragt vorher eure Eltern. Ihr habt schließlich noch einen Nebenjob in der Schule. Eure Hausaufgaben dürfen nicht zu kurz kommen, klar?"

„Klar!", rief Luca. Er rutschte im Sattel hin und her. „Kann's jetzt vielleicht mal losgehen? Sonst ist die Stunde rum und wir haben die ganze Zeit nur gesülzt."

Sven gab den Hufschlag frei. Er blieb in der Mitte der Halle stehen und beobachtete die Abteilung. Nach einer Viertelstunde ließ er sie aufmarschieren und fing an, die Cavaletti umzubauen. Er stellte zwei davon aufeinander, um sie zu erhöhen. In einigem Abstand dahinter baute er einen kleinen Hochweitsprung auf und dahinter noch eine niedrige Zweierkombination. Im Nu war eine richtige Sprungbahn mit drei verschiedenen Hindernissen entstanden.

Emily bekam ein mulmiges Gefühl in der Magengegend, als sie den Parcours betrachtete.

Im Gegensatz zu ihr war Luca total begeistert.

„Perfekt!“, rief er und reckte einen Daumen. „Ich hatte ja keinen Schimmer, was man mit diesen Bodenhopsern alles machen kann! Sieht schon fast profimäßig aus. Kann ich anfangen? Ich bin Anfänger und muss am Anfang anfangen.“ Er grinste über beide Ohren.

„Nein, du musst noch etwas warten. Marie und Robbie starten als Erste“, erwiderte Sven.

Marie zuckte gleichmütig mit den Schultern und rückte ihren Reithelm zurecht. Sie konnte es sich nicht verkneifen, Luca im Vorbeireiten einen triumphierenden Blick zuzuwerfen, dann ließ sie Robbie leicht antraben.

Emily staunte über den Mut ihrer Freundin. Ganz locker galoppierte Marie mit ihrem Pferd aus der Ecke heraus an, nahm die Sprünge ins Visier und überwand die Hindernisse, ohne zu zögern. Es sah ganz einfach aus.

„Wie hast du das gemacht?“, flüsterte Emily ihr zu, als Marie sich wieder einreihte.
„Keine Ahnung“, antwortete Marie achselzuckend. „Robbie hat das ganz von alleine gemacht.“
„Das war sehr schön“, sagte Sven. „Nur die Zügel musst du über dem Sprung ein wenig länger lassen, damit du Robbie nicht im Maul störst.“
Marie nickte und lobte ihr Pferd. Robbie senkte den Kopf und prustete.
„Kommt von hinten kein Krawumm, macht sich vorn der Hals nicht krumm“, dichtete Luca und fing sich einen finsteren Blick von Marie ein.
„Emily, du bist die Nächste!“, rief Sven.
Emily klopfte Toffy den Hals.
„Jetzt geht's los, Dickie“, raunte sie ihm zu. „Lass mich bitte nicht im Stich!“
Toffy schüttelte seine Mähne und schnaubte, als würde er spüren, dass etwas Besonderes von ihm erwartet wurde. Mit gebogenem Hals galoppierte er in der Ecke an, als schon der erste Sprung auftauchte. Emily machte sich ganz leicht und stellte sich in die Steigbügel. Sie gab Toffy die Zügel hin und schloss die Augen.
„Wirf dein Herz voraus!“, fuhr es ihr durch den Kopf.

Sie fühlte, wie Toffy sich unter ihr anspannte und absprang. Mit einem großen Satz überflog er das Hindernis. Emily traute sich kaum, die Augen wieder aufzumachen, da kam schon der nächste Sprung. Wieder straffte Toffy die Muskeln und streckte sich. Emily musste eigentlich gar nichts tun. Sie sah gerade noch die letzte Kombination, fühlte, wie Toffy unter ihr flog – und dann war es schon vorbei. In ihren Ohren rauschte es.

„Super!", hörte sie Svens Lob wie aus weiter Ferne.

Mit roten Wangen nahm Emily mit Toffy wieder Aufstellung, beugte sich vor und fiel ihm um den Hals.

„Das war spitze!", sagte sie und wuschelte ihrem Pferd durch die Mähne.

Benni konnte ihr gerade noch zuwinken, da war er schon an der Reihe.

Möwe, die hübsche Schimmelstute, war ein bisschen träge und faul. Sie galoppierte nur schwerfällig an. Benni hatte alle Hände voll zu tun, sie anzutreiben und in Schwung zu bekommen. Mit einem lauten Seufzer nahm Möwe den ersten Sprung und verweigerte den nächsten, obwohl Benni sich die allergrößte Mühe gab, beide Schenkel anlegte und die Zügel nachgab. Möwe stemmte einfach die Vorderhufe in den weichen Boden und blieb stehen.

Benni schwitzte. Sein Gesicht war knallrot. Aber so sehr er sich auch abmühte und versuchte, Möwe zum Weitergehen zu bewegen: Die Stute stand still wie ein störrischer Esel und rührte sich nicht vom Fleck. Ihrer Miene war abzulesen, dass sie der Meinung war, für heute genug getan zu haben.

„Ein Hüpfer am Tag reicht", schien sie sagen zu wollen. „Jetzt ist Feierabend!"

„Reite eine Volte!", rief Sven. „Dann richte Möwe gerade und treib sie noch energischer voran!"

Benni nickte. Er wendete Möwe auf einem engen Kreis, brachte sie in den Galopp und ritt erneut auf die Hindernisse zu.

Brav übersprang die Stute das erste Rick. Beim zweiten wollte sie schon wieder abbremsen, aber Benni biss die Zähne fest zusammen und drückte die Schenkel energisch in die Flanken des Pferdes.

„Hopp, Möwe!", rief er laut und gab die Zügel frei.

Möwe streckte sich, so gut sie konnte, und nahm den zweiten Sprung. Bevor sie es sich anders überlegen konnte, nutzte Benni den Schwung und brachte sie auch noch über das dritte und letzte Hindernis. Als er Möwe durchparierte, waren beide, Pferd und Reiter, verschwitzt und außer Puste. Die Abteilung applaudierte dem Pärchen.

Benni grinste verlegen, als er an seinen Platz zurückkehrte.

„Ich glaub, Möwe braucht noch eine ganze Menge Konditionstraining, wenn ihr bei dem Turnier mitmachen wollt." Sven klopfte der Stute den Hals. „Sie ist zu schwer und zu kurzatmig. Reite sie ab morgen am besten täglich im Gelände. Galoppstrecken wären genau das Richtige für sie. Lange Ausritte an der frischen Luft." Er drehte sich um. „Wer ist der Nächste?"

Luca hob die Hand.

„Der Schrecken des Parcours", lachte Sven. „Zeig uns, was du draufhast!"

Luca machte die Steigbügel zwei Löcher kürzer, gurtete nach, strich Bonito über den Hals und ritt schließlich mit konzentriertem Gesicht an. Als der Schecke die Hindernisse vor sich sah, war er nicht zu bremsen. Als hätte ihn etwas gestochen, schoss der Wallach vorwärts und stürmte über die Sprünge. Luca hielt sein Pferd nicht zurück. Im Gegenteil, vor der letzten Kombination erhöhte er das halsbrecherische Tempo sogar noch. Mit einigen fröhlichen Bocksprüngen signalisierte Bonito, dass er noch lange nicht genug hatte. Endlich parierte Luca Bonito durch. Er klopfte ihm den Hals und rief Sven zu: „Darf ich gleich noch mal?"

Sven starrte ihn an. „Wolltest du dir gerade den Hals brechen? Und deinem Pferd gleich dazu? So geht das nicht, Luca. Es geht hier nicht um Tempo und Zeit!"

Lucas Grinsen erlosch.

„Sei doch nicht gleich so sauer", sagte er kleinlaut.

„Sauer? Ich hatte Angst um dein Leben!" Sven kam auf ihn zu und griff in Bonitos Zügel. „Wenn du es nicht schaffst, dein Pferd vor den Hindernissen zu versammeln und an die Hilfen zu bekommen, kann das schlimm enden. Wenn Bonito weggerutscht wäre, hättest du überhaupt nicht mehr reagieren können. Hätte er verweigert, wärst du im hohen Bogen über seinen Hals geflogen."

„Bonito verweigert nicht", wagte Luca einen Einspruch.

Sven winkte ab. „Ihr müsst wirklich noch viel lernen. Mach's in der nächsten Stunde besser, okay? Und hör auf meine Ratschläge. Für heute ist Schluss. Wir sehen uns am Samstag zum Hindernisbauen."

„Mann, Luca", sagte Marie, als sie Robbie an Bonito vorbei aus der Halle führte.

Luca machte ein Gesicht wie sieben Tage Regenwetter.

„Ich kapier das nicht", sagte er zu seinem Pferd. „Was haben wir eigentlich falsch gemacht?"

„Ich würde sagen, ihr seid ein bisschen zu tief geflogen", grinste Benni. Er sprang aus dem Sattel, schob die Steigbügel hoch und löste den Gurt. Möwe schubberte ihre Stirn an seinem Ärmel und gähnte.

Luca hob eine Augenbraue. „Aber Spaß hat's trotzdem gemacht", entgegnete er. „Wenn Bonito und ich beim Turnier auch so schnell sind, haben wir den Sieg schon in der Tasche!"

„Dann vergiss aber nicht, dich anzuschnallen", riet Benni ihm. „Und nimm vielleicht lieber einen Fallschirm mit."

Wo gehobelt wird, fallen Späne (und manchmal auch ein Reiter)

Am Samstag rollte Förster Neelsen mit seinem Traktor und einem Anhänger auf den Hof. Das ursprünglich rot lackierte, inzwischen ziemlich altersschwache und rostige Ungetüm knatterte und qualmte und kam schließlich ächzend zum Stehen. Auf dem Hänger lagen Tannenstämme. Sie waren nur grob zurechtgesägt und oberflächlich von Ästen, Zweigen und Nadeln befreit und dufteten wie ein ganzer Wald nach Tanne, Erde und Baumharz.

„Wenn unsere Hindernisse später auch so gut riechen, haben wir einen Duftparcours", kicherte Marie. Sie hob die Nase und schnupperte wie ein Kaninchen.

Robert Neelsen stellte den Motor ab.

„Vorsicht!“, rief er und: „Bitte Abstand halten!“

Er kippte den Anhänger seitlich und lud die Fracht ab. Die Stämme rutschten von der Ladefläche und landeten polternd im Kies. Emily und Marie hielten sich die Ohren zu.

Noch konnte man den Baumstämmen nicht ansehen, dass später glatte bunte Hindernisstangen aus ihnen werden sollten, aber das würde sich bald ändern.

Sven, Claudia und einige andere erwachsene Helfer trugen das Holz in eine abgeteilte Ecke des Hofplatzes und schichteten es dort auf.

Schon am frühen Morgen hatte sich eine Handvoll Reitschüler im Stall getroffen, um zu helfen. Einige von ihnen hatten ihre Eltern mitgebracht, die bereitwillig und tatkräftig überall mit anpackten, wo sie gebraucht wurden. Auch Robert Neelsens Frau war mitgekommen. Sandra trug einen verwaschenen Overall. In ihren Haaren hingen Spelzen und Sägemehl. Sie war kaum wiederzuerkennen, als sie mit Schutzbrille, Ohrenschützern und dicken Handschuhen breitbeinig an der Kreissäge stand und Stamm um Stamm auf die richtige Länge stutzte, als wäre das die normalste Sache der Welt.

„Wow!“, rief Luca begeistert. „Cool, dass du uns hilfst!“
Sandra Neelsen klappte kurz die Ohrenschützer hoch und winkte. Dann sägte sie konzentriert weiter.
In großem Abstand zu dem Haufen Sägemehl, in dem sie stand, hockten die Stallkatzen Mina und Floh. Sie trauten weder dem Lärm noch den vielen fremden Menschen und beobachteten alles mit argwöhnischen Blicken. Als es ihnen zu wuselig wurde, verschwanden sie in der Scheune, balgten sich dort im Stroh, suchten nach Mäusen und bauten sich schließlich ein Nest, in das sie sich zufrieden schnurrend kuschelten und von wo sie alles aus sicherer Entfernung beobachteten.
Emily, Marie, Luca und Benni liefen auf dem Hof herum und überlegten, wo sie anfangen sollten. Nachdem sie die alten Hindernisse gezählt hatten, war klar, dass die nie und nimmer für einen richtigen Parcours reichen würden. Mit ein bisschen Farbe und Fantasie könnten sie einige von ihnen vielleicht noch ein bisschen aufpeppen, aber die Hindernisständer waren ein echtes Problem. Die meisten von ihnen waren so verrostet und verbogen, dass man sie auch mit der allergrößten Mühe nicht mehr hinkriegen würde. Es mussten unbedingt neue her.

„Aber woher?“, fragte Luca. Er raufte sich die Haare. „Die Dinger kosten bestimmt ein Vermögen, wenn man sie neu kauft!“

„Kein Problem! Wir bauen sie selbst. Ich hab mein Schweißgerät dabei“, sagte Sandra, als sie eine Pause machte und sich die Ständer anschaute. Die Frau des Försters war freie Künstlerin und schuf tolle Skulpturen aus Draht und Blech, die den Garten ihres Wohnhauses schmückten und bei Kennern sehr begehrt waren.

„Sagt mir nur, wie viele ihr braucht, und ich schweiße sie für euch zusammen. Am besten macht ihr mir eine Zeichnung, damit ich weiß, wie die Dinger aussehen sollen. Stahl hab ich genug in meiner Werkstatt.“

„Klasse!“, rief Sven. „Wir brauchen Ständer mit solchen beweglichen Schaufeln, auf denen die Stangen lose aufliegen. Wir bringen dir einen alten in die Werkstatt. Vielleicht kannst du den als Muster nehmen.“

„Ich kann eine Skizze machen“, bot Emily an.

„Und ich nehme die Maße“, sagte Marie.

Benni zählte die Hindernisstangen, die schon fertig gesägt, gehobelt und vorlackiert zum Trocknen an einer Stallwand lehnten. „Wie viele Hindernisse brauchen wir eigentlich für unseren Parcours?“, erkundigte er sich.

Er und Luca hatten sich freiwillig zum Glatthobeln der Stämme gemeldet. Eine leichte Puderschicht aus Sägemehl bedeckte sein sommersprossiges Gesicht.

„Zehn bis zwölf Sprünge sollten es für ein A-Springen schon sein“, sagte Sven. „Und wir brauchen auch noch ein paar Ersatzstangen, falls es Bruch gibt.“

„Bruch?“ Luca zog die Augenbrauen zusammen. „Bei uns gibt's keinen Bruch. Du weißt doch, wie gut wir springen!“

„Oh ja, das hab ich gesehen!“ Bei der Erinnerung an die letzte Springstunde fiel Svens Lächeln etwas schief aus. „Möwe wäre fast mit ihrem dicken Bauch hängen geblieben und Bonito ist wie eine fehlgezündete Silvesterrakete losgegangen. Ich rechne also fest damit, dass wir ein paar Stangen für den Notfall bereithalten müssen. Außerdem brauchen wir Ständer, in denen die Stangen nur ganz lose liegen, damit sie bei der Berührung durch einen Huf oder ein Pferdebein sofort herunterfallen. Feste Sprünge sind viel zu gefährlich.“

„Heißt das etwa, wir bauen keine Mauer?“, fragte Luca enttäuscht.

„Keine Mauer“, erwiderte Sven bestimmt. „So was kommt mir nicht in den Parcours.“

„Oh Mann …", maulte Luca.
Benni stieß ihm den Ellbogen zwischen die Rippen. „Ist doch egal."
„Dir vielleicht. Ich finde, eine Mauer gehört dazu", grummelte Luca vor sich hin, während er sich den nächsten Stamm vorknöpfte, um ihn von der Rinde zu befreien.
Sven drehte sich um und ging mit langen Schritten ein Stück Wiese ab, das er zum Springplatz auserkoren hatte. Das Gras war kurz, der Boden trocken und fest, ohne zu hart zu sein. Der ideale Untergrund für einen Hindernisparcours. Zufrieden nickend ging er weiter.
Emily, Marie und zwei weitere Mädchen aus ihrer Abteilung hatten sich für die Malerwerkstatt gemeldet. Mit ihren Pinseln trugen sie die Farbe auf die Holzstämme auf.
Als Sven auf seinem Rundgang bei ihnen vorbeikam, machten sie eine Pause.
„Warum müssen Hindernisse eigentlich immer gestreift sein?", fragte Emily. Sie hatte blaue und weiße Lackspritzer auf Stirn und Nase.
„Keine Ahnung", meinte Sven schulterzuckend. „Von mir aus können sie auch Tupfen oder Kringel haben." Er schüttelte den Kopf und ging lächelnd weiter.

„Tupfen? Geniale Idee!“ Emily goss rote und weiße Farbe zusammen und rührte kräftig um, bis ein leuchtendes Rosa entstand. Sie betrachtete das Ergebnis zufrieden. „Das nächste Hindernis wird pink mit lila Tupfen!“

„Hey, cool!“, riefen die anderen.

Sofort fingen sie an, Farben in Eimer umzufüllen und miteinander zu vermischen.

„Meins wird hellblau mit dunkelblauen Wölkchen“, sagte Melanie.

„Und meins gelb mit grünen Sternchen“, grinste Marie.

Unter fröhlichem Gekicher entstanden wahre Kunstwerke.

„Die Pferde werden Augen machen, wenn sie unsere Hindernisse sehen!“ Viola wischte sich die Finger an ihrer alten Jeans ab und trat einen Schritt zurück.

„Ich hab mal irgendwo gelesen, dass Pferde farbenblind sind. Stimmt das?“, fragte Emily.

„Ich glaub, sie können schon Farben erkennen, nur nicht so bunt wie wir.“ Marie malte einen Klecks auf die Stange, die vor ihr lag. „Ihr Farbspektrum ist nicht so groß. Dafür haben sie einen ziemlich guten Blickwinkel, weil ihre Augen seitlich am Kopf sind.“

„Das haben alle Fluchttiere. Das hatten wir mal in Bio“, bestätigte Melanie.

„Hoffentlich jagen unsere Hindernisse sie nicht in die Flucht“, kicherte Emily. „So einen bunten Parcours haben unsere Pferde doch noch nie gesehen!“

„Nee“, stimmte Marie lachend zu. „So was gibt’s nur bei uns im Brombeerhain!“

Dank des schönen Wetters waren die Stangen ein paar Tage später getrocknet. Sandra hatte in ihrer Bildhauerwerkstatt Überstunden eingelegt und die versprochenen Ständer gebaut. Alles war bereit, um den Parcours aufzubauen.

Nach Svens Anweisungen und einem Lageplan, den er gezeichnet hatte, wurden die Hindernisse auf der Wiese aufgestellt.

„Wow, krass!“, entfuhr es Luca, als der Springkurs seine endgültige Gestalt angenommen hatte. „Können wir den nicht gleich mal ausprobieren? Heute ist doch sowieso Springunterricht. Da können sich unsere Pferde doch gleich mal an alles gewöhnen.“

Die Hindernisse glänzten einladend im Sonnenschein. Sven betrachtete sie nachdenklich.
„Okay“, sagte er nach einer ganzen Weile. „Wir treffen uns in zwanzig Minuten hier am Parcours.“
So schnell hatten die Reitschüler ihre Pferde noch nie fertig gemacht. Sie flitzten hin und her und traten sich gegenseitig auf die Reitstiefel. In Windeseile wurden die Pferde geputzt, gesattelt und aufgezäumt. Mähnen wurden zurechtgezupft, Schweife von letzten Grashalmen und Kletten befreit und die Hufe ausgekratzt. Kurz vor der vereinbarten Zeit saßen alle mit erwartungsvollen Gesichtern in den Sätteln.
Ihr Reitlehrer grinste. „Ihr könnt's anscheinend kaum erwarten. Na gut … Parcours frei! Luca, du machst den Anfang. Immerhin war das Ganze deine Idee.“
Luca konnte sein Glück kaum fassen. Er durfte den nagelneuen Springplatz einweihen. Wie cool war das denn! Mit erhobenem Kopf und kerzengeradem Rücken ritt er ein und ließ Bonito ein paar Schritte rückwärtsgehen. Das hatte er sich im Fernsehen bei einem weltberühmten Springreiter abgeguckt. Dann legte er den äußeren Schenkel an und brachte seinen Schecken in den Galopp. Geschmeidig nahmen sie das erste Hindernis. Es war

ein einfacher Sprung, blau und weiß gestreift. Bonito überwand es ohne Zögern und landete sicher. Er spielte mit den Ohren und schnaubte zufrieden. Das nächste Hindernis war schon etwas schwieriger: eine pinkfarbene Kombination, liebevoll verziert mit lila Tupfen. Es war Emilys Werk. Bonito schien kurz zu stutzen, als er das bunte Hindernis sah, aber Luca ließ ihm keine Zeit zum Überlegen. Er legte die Schenkel fest an und tupfte dem Schecken mit der Reitgerte auf die Schulter.

Bonito machte so einen gewaltigen Satz, dass Luca um ein Haar das Gleichgewicht verlor. Beim Aufkommen buckelte Bonito und versuchte, seitlich auszubrechen. Irgendetwas schien ihm nicht zu gefallen.

Luca versuchte, den Wallach zu beruhigen. Er sprach mit ihm und galoppierte etwas langsamer auf den nächsten Sprung zu. Es war ein knallgelber Hochweitsprung. Nicht besonders anspruchsvoll in Lucas Augen. Er wollte Bonito gerade versammeln und das Tempo zurücknehmen, als er spürte, wie das Pferd sich unter ihm anspannte. Bonito presste die Kiefer zusammen und wehrte sich gegen den Zügel. Seine Ohren waren flach an den Kopf gelegt. Er wollte durchgehen, das begriff Luca sofort.

„Ho, Bonito“, brummte er. „Ganz ruhig!“

„Reite eine Volte!“, rief Sven.

Luca nahm die Zügel kürzer und setzte sich tiefer in den Sattel, doch Bonito reagierte nicht. Vor ihnen tauchte das Hindernis auf. Mit einem Mal kam es Luca viel zu hoch vor.

„Das schaffen wir nicht!“, stieß er hervor. „Stopp, Bonito!“

Bonito stürmte einfach vorwärts und sprang viel zu spät ab. Mit der Brust krachte er in die oberen Stangen, die polternd herunterfielen. Panisch und scheuend geriet er mit den Vorderbeinen dazwischen. Er strauchelte, fing sich wieder, stolperte noch einmal und bäumte sich auf, um dem Gewirr der Stangen zu entkommen.

Luca konnte sich nicht länger halten. Er wurde in hohem Bogen aus dem Sattel geschleudert und stürzte seitwärts in das zusammengebrochene Hindernis.

Marie schrie entsetzt auf. Emily presste sich eine Hand auf den Mund. Benni fluchte.

Bonito rappelte sich mühsam hoch und trabte ein paar Schritte. Dann blieb er mit herabhängenden Zügeln schwer atmend stehen.

Luca lag zusammengekrümmt in dem Durcheinander der Stangen und rührte sich nicht. Auf dem Platz herrschte Totenstille. Endlich löste sich Sven aus seiner Schreckstarre. Er lief zu Luca und kniete sich neben ihn ins Gras.

„Kannst du mich hören, Luca? Bist du verletzt?"

Seine Stimme überschlug sich fast. Er berührte Luca vorsichtig an der Schulter. Mit der anderen Hand zog er sein Handy aus der Hosentasche und wollte schon die Notrufnummer wählen, als Luca die Augen aufschlug. Ächzend richtete er sich auf. Sein Gesicht war bleich.

„Bleib ganz ruhig. Beweg dich nicht!" Sven sprang auf. „Benni, schnell, hol Claudia und sag ihr, sie soll eine Decke mitbringen! Marie, Emily, könnt ihr Bonito einfangen, bevor er in die Zügel tritt? Ihr anderen sitzt ab und haltet eure Pferde fest!" Er wandte sich wieder Luca zu und fragte: „Hast du Schmerzen? Tut's irgendwo weh?"

„Mein Arm!", stöhnte Luca.

Sven sah, dass Luca mit der linken Hand den rechten Arm umfasst hielt. Seltsam schlaff hing der herunter, als würde er gar nicht mehr zu Lucas Körper gehören.

Emily und Marie waren inzwischen abgesessen und hatten Bonito eingefangen. Emily streichelte den Schecken und sprach leise mit ihm. Bonito zitterte und spielte nervös mit den Ohren, aber er schien unverletzt zu sein. Marie ging zu Luca und strich ihm leicht über die Wange. Ihre Augen waren riesengroß vor Schreck. „Mann, Luca", sagte sie nur.

Benni hatte Claudia aus dem Haus geholt. Sie lief mit einer Wolldecke unter dem einen und einem Erste-Hilfe-Kasten unter dem anderen Arm über die Wiese.

„Ich fürchte, da ist was gebrochen", sagte sie, als sie Lucas Arm sah. „Ich bring dich gleich ins Krankenhaus."

„Ins Krankenhaus?", fragte Marie erschrocken. „Ist es wirklich so schlimm?"

„Keine Panik." Claudia schüttelte den Kopf und half Luca behutsam auf. Sven hielt ihn um die Taille gefasst und stützte ihn. Gemeinsam führten sie ihn zu einer Bank und legten ihm dort vorsichtig die Decke über die Schulter.

„Ein Armbruch ist nicht lebensgefährlich, aber er muss geröntgt werden. Ist dir schlecht? Hast du Kopfschmerzen? Tut dir sonst noch was weh?" Claudia schaute Luca prüfend in die Augen.

Der schüttelte den Kopf. „Nee, nur der Arm."

„Trotzdem kann es sein, dass du eine Gehirnerschütterung hast. Bleib hier sitzen und rühr dich nicht. Ich hol schnell das Auto."

„Sollen wir nicht lieber einen Krankenwagen rufen?“, mischte Benni sich besorgt ein. „Oder einen Rettungshubschrauber alarmieren?“
Bei dem Wort Rettungshubschrauber grinste Luca schief, als würde ihm der Gedanke gefallen.
„Bis der da ist, sind wir längst in der Notaufnahme“, erwiderte Claudia.
„Ich ruf deine Eltern an“, sagte Sven zu Luca, „damit sie wissen, was passiert ist, und gleich in die Klinik kommen.“
Luca nickte schwach. Noch immer hielt er seinen Arm mit der anderen Hand umklammert. Er sah Marie an.
„Es war nicht meine Schuld“, sagte er kleinlaut. „Ich weiß echt nicht, wie das passieren konnte.“
„Keiner gibt dir die Schuld“, sagte Sven energisch. „So etwas kann beim Reiten jedem passieren. Es war einfach Pech. Ein Unfall.“
„Was ist mit Bonito?“, fragte Luca. „Geht's ihm gut?“
„Mach dir keine Sorgen“, sagte Marie schnell. „Wir kümmern uns um ihn.“
Claudia kam mit ihrem Wagen und parkte so neben der Bank, dass Luca einigermaßen bequem einsteigen konnte. Sven nahm ihm den Reithelm ab und reichte

ihn Marie. Dann legte er Luca den Sicherheitsgurt an. Obwohl er äußerst behutsam vorging, stöhnte Luca unterdrückt auf.
Mit hängenden Schultern verfolgten die anderen, wie ihr Freund kurz darauf in Claudias Auto vom Hof rollte.
Svens Blick war sorgenvoll, als er die Nummer von Lucas Eltern auf seinem Handy antippte. „Bringt eure Pferde auf die Weide und versorgt sie. Für heute ist der Unterricht zu Ende“, sagte er. Niemand widersprach.

Marie und Emily kümmerten sich zuerst um ihre eigenen Pferde und danach um Bonito. Zum Glück hatte der Schecke bei dem Sturz nichts abbekommen, nicht einmal eine winzige Schramme. Davon hatte Sven sich überzeugt.
„Wie konnte das nur passieren?“, fragte Emily.
„Hoffentlich lag es nicht an unseren Hindernissen, dass er durchgegangen ist“, seufzte Marie und strich Bonito über den Hals.
Benni, der den Freundinnen gefolgt war, starrte sie an. „Nee, Blödsinn! Der hat vor irgendwas gescheut. Vielleicht hat ihn eine Hornisse gestochen.“

„Und wenn's doch an den bunten Stangen lag?", fragte Marie. „Es war eine bescheuerte Idee, die Hindernisse so knallig anzumalen, wenn ihr mich fragt. Wir sollten die Farbe schleunigst wieder abkratzen, sonst brechen wir uns beim Turnier alle den Hals!"

Benni zeigte ihr einen Vogel und nahm Bonito den Sattel ab.

Emily schaute nachdenklich zum Parcours hinüber. Die Hindernisstangen leuchteten im Sonnenschein. Sie waren wirklich ganz schön knallig. Konnte es sein, dass Marie Recht hatte und sie mit ihrer übertriebenen Malaktion schuld an dem Unfall waren?

Sie wandte schnell den Blick ab. Der Gedanke war viel zu schrecklich.

„Die Hauptsache ist doch, dass Luca und Bonito nichts Schlimmes passiert ist", sagte sie und zwang sich zu einem Lächeln. „Oder nicht?"

„Seh ich auch so", erwiderte Benni brummig.

Marie gab Bonito einen kleinen Klaps und nickte.

Ein Armbruch ist noch lange kein Beinbruch

Auch am späten Nachmittag war Lucas Unfall natürlich noch Thema Nummer eins. Emily, Benni und Marie hockten im Wohnzimmer von Maries Eltern und machten lange Gesichter, während sie auf Nachrichten aus dem Krankenhaus warteten.

„Nie im Leben hab ich das gewollt!“ Marie versenkte ihre Nase in einem Papiertaschentuch, das Emily ihr gereicht hatte. „Einen Denkzettel sollte er bekommen, das ja. Aber so?“ Eine dicke Träne kullerte über ihre Wange.

Benni und Emily hatten Mühe, sie zu beruhigen. Marie war vollkommen außer sich.

„Du gibst dir doch wohl nicht ernsthaft die Schuld an dem Unfall?“ Emily schüttelte den Kopf. „Es war ein

Unglück. Das hat Sven auch gesagt. Wir haben doch alle gesehen, wie es passiert ist. Luca hat einfach Pech gehabt. Es hätte jedem von uns passieren können."
„Genau", mischte Benni sich ein. „Bonito hat gescheut und ist durchgegangen. Warum, werden wir wahrscheinlich nie erfahren. Es sei denn, Pferde lernen irgendwann sprechen und Bonito erzählt es uns dann von sich aus."
„Aber wenn es doch an unseren bunten Stangen lag?", jammerte Marie. „Wenn wir nicht so übertrieben hätten, wär's vielleicht nicht passiert."
„So ein Unsinn!", schimpfte Emily. „Hör endlich damit auf! Keiner von uns ist schuld. Luca auch nicht."
Die Tür ging auf. Maries Mutter schob ihren Kopf durch den Spalt und lächelte. „Viele Grüße von Luca", sagte sie. „Ich hab gerade mit seiner Mutter telefoniert."
„Und?", fragte Benni. „Was hat sie gesagt? Wie geht es ihm?"
„Luca geht's gut", sagte Maries Mutter. „Sein Arm ist glatt gebrochen und musste gerichtet und eingegipst werden. Eine Gehirnerschütterung hat er zum Glück nicht. Er ist schon wieder zu Hause und ruht sich aus. In ein paar Tagen kann er wieder zur Schule. Ich soll euch von ihm grüßen und ausrichten, dass er morgen Nachmittag in

den Stall kommt, um mit Bonito einen Spaziergang zu machen. Seine Mutter fährt ihn hin und holt ihn auch wieder ab. Am besten ruft ihr Luca nachher mal an und verabredet eine Zeit."

Emily, Marie und Benni wechselten einen Blick.

„Luca will einen Spaziergang machen?", fragte Benni. „Zu Fuß? Mit Bonito?"

Maries Mutter lachte.

„Genau das hat er gesagt. Mit dem Gipsarm darf er natürlich nicht reiten", erklärte sie. „Der muss mindestens drei Wochen dran bleiben. Ist doch nett, wenn er so lange mit seinem Pferd spazieren gehen will! Frische Luft tut immer gut."

Emily kicherte. „Wenn Luca spazieren gehen will, ist er garantiert auf den Kopf gefallen! Der geht doch sonst keinen Meter freiwillig zu Fuß."

Benni grunzte zustimmend.

Marie atmete erleichtert auf. Luca ging es gut. Sie beruhigte sich etwas. „Ist doch ganz egal", sagte sie. „Hauptsache, er ist bald wieder fit!"

„Klar", nickte Benni. „Aber was wird jetzt mit unserem Reitturnier? Luca darf erst mal nicht reiten, bis der Gips ab ist. Und ohne ihn fällt das Ganze ins Wasser."

„Hilfe!", entfuhr es Emily. „Daran habe ich noch gar nicht gedacht! Unser schönes Turnier …"
Marie schob die Unterlippe vor. Benni hatte Recht: Ohne Luca kein Brombeerhainturnier. Musste das denn ausgerechnet jetzt passieren? So kurz vor dem Turnier?
„Das war's dann wohl", murmelte sie. „Unser Turnier können wir knicken. Die ganze Mühe war umsonst. So ein Mist!"

Am darauf folgenden Nachmittag winkte Luca den Freunden schon von weitem zu. Er stand vor dem Stall und schwenkte den eingegipsten Arm. „Ihr müsst unterschreiben! Ich hab extra einen wasserfesten Filzer mitgebracht!"
Emily, Marie und Benni schoben ihre Räder in den Ständer neben der Stalltür. Marie gab Luca einen Kuss. Natürlich hatten sie gestern noch lange miteinander telefoniert, aber sie hatte ihn nicht mehr besuchen dürfen. Jetzt schnurrte sie fast vor Glück. „Ich bin ja so froh, dass es dir gut geht!"
Luca grinste schief. „Unkraut vergeht nicht."

Benni klopfte ihm auf die gesunde Schulter. Er war total erleichtert, seinen besten Freund so munter zu sehen.

„Wie geht's dir?"

„Ganz gut", nickte Luca. Seine Nasenspitze war zwar noch blass, aber in seinen Augen blitzte es schon wieder unternehmungslustig. „Im Falle eines Falles ist richtig fallen alles. Mein Stunt hätte noch viel schlimmer ausgehen können!"

„Klar. Schlimmer geht immer", bestätigte Benni.

„Wir haben uns echt Sorgen gemacht", sagte Emily. „Der Sturz sah ganz schön heftig aus. Mach das bloß nicht noch mal!"

„Hab ich nicht vor", erwiderte Luca und streckte ihr seinen Gips entgegen. „Jetzt unterschreibt erst mal. Sven und Claudia haben sich schon verewigt. Aber es ist noch genug Platz da."

Emily und Benni unterschrieben. Marie malte ein kleines Herz unter ihren Namen. Dann musste Luca erzählen, wie es ihm im Krankenhaus ergangen war. Er ließ kein Detail aus und schilderte alles in den buntesten Farben.

„Tat es sehr weh?", fragte Emily.

Luca schüttelte den Kopf. „Nö, es war auszuhalten. Im Krankenhaus hab ich gleich 'ne Spritze bekommen und für zu Hause hab ich Schmerztropfen. Zum Glück ist der Knochen glatt gebrochen und musste nicht mal operiert werden."

„Und der Gips muss drei Wochen dranbleiben?", fragte Benni. „So lange?"

„Ja, das muss wohl sein", erwiderte Luca. „Kein Reiten, kein Fußball, kein Garnix. Ich muss nachher noch mal zur Kontrolle in die Klinik. Der Arzt will sehen, ob alles richtig sitzt und nichts drückt. Letzte Nacht wusste ich echt nicht, wie ich liegen sollte. Aber man gewöhnt sich dran. Ich bin schließlich kein Weichei", fügte er hinzu.

„Tja, dann musst du jetzt wohl erst mal zu Fuß gehen", grinste Benni.

Luca seufzte. „Bleibt mir nichts anderes übrig. Ich hab schon mit Sven gesprochen. Ich geh jeden Tag mit Bonito eine Runde durch den Wald, damit er Bewegung hat. Das Turnier ist für mich leider gestorben." Er senkte den Kopf und kickte einen Kieselstein über den Hof.

„Für uns auch", sagte Marie leise. „Wirklich schade."

„Schade? Wieso das denn?" Luca riss die Augen auf.

„Na ja, wenn du nicht mitmachen kannst, steigen wir natürlich auch aus", erwiderte Marie. „Ist doch logisch! Schließlich war das Ganze deine Idee."

„Ihr habt doch einen Sockenschuss!“ Luca fuchtelte mit dem Gips vor ihrer Nase herum. „Das Reitturnier findet natürlich statt! So ein kleiner Knochenbruch ist doch kein Grund, gleich alles abzusagen!“ Er machte eine Pause und grinste. „Ich hab sogar schon ein passendes Motto für unser Turnier.“

„Hä?“, machte Benni. „Was denn für ein Motto?“

Lucas Grinsen wurde breiter. „Jetzt erst recht!“

Emily und Marie guckten sich an.

Marie zuckte mit den Schultern.

„Nicht schlecht“, sagte Benni nach einer Weile. „Das passt irgendwie.“

„Na klar passt das!“, rief Luca. „Und wer sagt außerdem, dass ich nicht mitmachen kann?“ Er hob eine Augenbraue.

„Du hast doch gerade selbst gesagt, dass du erst mal Reitverbot hast“, erinnerte ihn Emily.

„Aber deshalb kann ich doch trotzdem mitmachen, oder? Ich muss schließlich nicht unbedingt reiten“, erwiderte Luca rätselhaft.

Marie gab ihm einen Knuff. „Was hast du vor?“

„Ich hab nur meine Pläne ein bisschen geändert. Den Umständen angepasst, sozusagen. Bonito und ich machen beim Pflegewettbewerb mit. Ihr habt doch neulich betont, dass man das Pferd dabei nur am Zügel durchs Viereck führen muss. Das kann ich sogar mit meinem Gipsarm. Bonito und ich sind dabei. Unser Turnier findet statt." Er reckte seinen Arm in die Luft. „Mit oder ohne Gips: Ich bin der Schrecken des Parcours!"

Marie betrachtete ihn nachdenklich. „Bist du eigentlich ganz sicher, dass du nicht auf den Kopf gefallen bist?"

„Absolut sicher", sagte Luca todernst. „Die Ärzte haben gestern meinen Kopf von allen Seiten geröntgt und nichts gefunden."

„Kein Wunder!", prustete Benni. „Wo nichts ist, kann schließlich auch nichts geröntgt werden!"

Emily und Marie brauchten ein paar Sekunden, um den Witz zu kapieren, dann fielen sie in das Prusten ein.

Jetzt erst recht!

Endlich war der große Tag da. Der Wetterbericht hatte ruhiges Spätsommerwetter mit milden Temperaturen versprochen und tatsächlich hing die Sonne an einem fast wolkenlosen Himmel. Ein leichter Landwind ließ die unzähligen Fähnchen und Wimpel flattern, mit denen der Brombeerhain und der neue Turnierplatz geschmückt waren.
„Besser geht's nicht", meinte Luca. Wie seine Freunde trug er ein schwarzes Sweatshirt mit dem leuchtend weißen Aufdruck TEAM BROMBEERHAIN zu hellen Reithosen und langen Stiefeln. Seine Mutter hatte den rechten Ärmel des Pullovers auftrennen müssen, damit der Gipsarm hindurchpasste, aber das tat Lucas guter Laune keinen Abbruch.
Benni gähnte und streckte sich.

Es war noch früh am Morgen. Trotzdem waren die Reitfreunde schon vollzählig zur Stelle. Sogar ein paar verschlafene Eltern hatten ihren freien Samstag geopfert, um dabei zu sein. In lockeren Grüppchen standen sie beieinander und unterhielten sich oder schauten sich neugierig um. Maries Eltern bauten bereits den Grill auf. Lucas Vater stapelte Getränkekisten.
Die Stallkatzen Mina und Floh spazierten über den Hof und ärgerten die Spatzen. Doch die waren viel zu schnell, um sich fangen zu lassen. Sie flatterten davon und ließen sich in sicherer Höhe auf einer Regenrinne nieder. Von dort aus schimpften sie über die Samtpfoten.
Auf den taufeuchten Wiesen rund um den Brombeerhain standen die Pferde und dösten mit tief hängenden Köpfen. Die Fohlen Feenfell, Wicky, Honigschweif und Mirabello lagen im Gras und schliefen tief und fest. Das ungewohnte Treiben um sie herum beeindruckte sie nicht.
„Guckt mal, ich glaub, Feenfell träumt!", rief Marie.
Das junge Stutfohlen lag auf der Seite. Der schmale Brustkorb hob und senkte sich in tiefen Atemzügen. Plötzlich zuckte Feenfell mit den Vorderbeinen, dann kräuselte sie die Nase und machte schmatzende Geräusche.

Emily und Marie lachten.
Feenfell nieste, hob den Kopf und schaute sich verdutzt um.
„Guten Morgen, kleine Schlafmütze!“, rief Emily ihr zu. Sie wandte sich an ihre Freunde. „Schade, dass wir wegen der ganzen Turniervorbereitungen in den letzten Wochen so wenig Zeit für sie hatten. Wir haben die Kleinen ziemlich vernachlässigt, findet ihr nicht auch?“
„Junge Pferde brauchen auch mal Ferien“, erwiderte Luca schulterzuckend. „Nach dem Turnier sind wir wieder für sie da. Dann können uns die lieben Kleinen wieder auf den Zehen herumtrampeln und uns mit ihren fiesen Milchzähnen kneifen.“ Er verzog das Gesicht zu einer Grimasse.
Emily kicherte. Mirabello hatte Luca wirklich schon mal ins Bein gezwickt. Anscheinend hatte Luca ihm das bis heute nicht verziehen.
Als Bennis Vater einen CD-Player einschaltete, um Sound und Lautstärke zu prüfen, spitzten die Pferde die Ohren. Außer in der Adventszeit, wenn die Weihnachtsquadrille einstudiert wurde, bekamen sie nur selten Musik zu hören. Aber es schien ihnen zu gefallen. Toffy hob den Kopf und wieherte.

Luca zwinkerte Marie zu. „Ich kann's kaum fassen", sagte er. „Heute geht's echt los!"
„Ja, Wahnsinn." Marie lehnte sich gegen ihn und schloss die Augen. „Hoffentlich geht alles gut."
„Klar. Warum denn nicht?" Luca warf einen Blick über Maries Schulter. Benni und Emily hatten sich auf einen Strohballen gesetzt und hielten Händchen. „Hey, ihr Turteltäubchen!", rief Luca ihnen zu. „Kommt mal her! Ich muss euch was sagen!"
Marie guckte ihn verwundert an. „Was denn?"
Luca überhörte ihre Frage. Benni und Emily standen auf und kamen näher.
„Was ist denn los?", fragte Benni alarmiert. „Wir haben doch schon alles tausendmal durchgekaut. Unser Turnierplan steht. Sag nicht, dass du auf den letzten Drücker noch was ändern willst!"
„Nö. Das heißt eigentlich doch", erwiderte Luca grinsend. „Es gibt eine klitzekleine Programmänderung."
„Bitte nicht!", riefen Benni und Emily im Chor.
Marie stöhnte auf. Luca hatte sie in den vergangenen Wochen ständig mit neuen Vorschlägen genervt.
„Hätten sie dir im Krankenhaus doch bloß den Mund zugegipst", hatte Benni gesagt, als Luca zum ungefähr

achtzehnten Mal innerhalb weniger Tage den gesamten Ablauf des Turniers umgeworfen hatte.

„Hey, das ist nicht witzig“, knurrte Benni. „Sven flippt aus, wenn wir jetzt noch was ändern!“

„Der weiß schon Bescheid und ist einverstanden“, winkte Luca ab.

„Sag endlich, worum es geht!“, verlangte Emily. „Dann hab ich wenigstens noch Zeit, um mich von dem Schock zu erholen, bevor das Springen anfängt.“

„Na gut.“ Luca räusperte sich. „Morten und Bandit starten heute mit euch in einem Team. Ich hab neulich mit ihm gesprochen und ihm erzählt, dass ich nicht mitreiten darf. Zu einer Springmannschaft gehören aber immer vier Reiter. Morten hat von sich aus spontan angeboten, meinen Platz zu übernehmen. Ich hoffe, ihr habt nichts dagegen. Ich weiß, ich hätte es euch sagen sollen, aber irgendwie hab ich's total vergessen. Sorry.“

Emily, Marie und Benni starrten ihn an.

„Hm, stimmt“, meinte Marie schließlich nachdenklich. „Zu dritt hätten wir nicht beim Mannschaftsspringen starten dürfen. Daran haben wir gar nicht gedacht.“

„Ihr nicht, ich schon“, grinste Luca. „Deshalb hab ich Morten gefragt. Und Sven auch.“

„Das war ausnahmsweise ganz schön schlau von dir." Marie tippte ihn mit dem Zeigefinger an. „Hätte ich dir gar nicht zugetraut!"
Luca lachte und gab ihr einen Kuss auf die Nasenspitze. „Tja, ich bin eben nicht so doof, wie ich aussehe. Los, wir gucken mal, ob Morten schon da ist! Vanessa und Hagen müssten auch demnächst eintrudeln."
„Wir müssen aber auch noch unsere Pferde putzen und satteln." Emily warf einen Blick auf die Uhr und stöhnte. „Es geht gleich los und wir sind noch nicht mal fertig! Hilfe!"
„Keine Panik!" Benni gab ihr einen Stups. „Wir sind alle bei dir und werden dir nicht von der Seite weichen."
„Heißt das etwa, wir müssen alle zusammen auf einem Pferd reiten?", erkundigte sich Marie belustigt. „Das könnte aber Abzüge in der Stilnote geben!"
Lachend machten sich die vier Freunde auf den kurzen Weg zur Hofeinfahrt, wo sie die Gastreiter mit ihren Pferden begrüßen wollten.
Claudia spielte Parkplatzwächterin und wies den Besuchern die Parkplätze hinter der Reithalle zu. Als sie Luca, Benni, Marie und Emily sah, blieb sie stehen. „Morten ist gerade eingetroffen. Seine Eltern haben ihn und sein

Pferd gebracht. Der Transporter ist nicht zu übersehen. Er ist dunkelgrün und nagelneu. Ich glaub, Morten wartet schon auf euch."

„Cool, wir gehen gleich zu ihm. Danke und viel Spaß noch!" Marie wollte sich schon umdrehen, als sie innehielt und auf einen Feldweg zeigte. „Wer ist das denn?"

Zwei Reiter kamen den Weg entlang, ein Mädchen und ein Junge. Sie führten einen Fuchs mit hellblonder Mähne und einen schmalen Grauschimmel an langen Zügeln neben sich und unterhielten sich.

„Das sind Hagen und Vanessa!", rief Emily.

„Wieso kommen die zu Fuß?", wunderte sich Benni.

„Keine Ahnung", meinte Luca. „Wie wär's, wenn wir sie fragen?"

Sie gingen den beiden entgegen. Vanessa hielt Ferris an. Hagen parierte Wonderbird durch und klopfte ihm den Hals. „Hi!", rief Vanessa.

„Wieso kommt ihr zu Fuß?", fragte Luca, nachdem er die beiden begrüßt hatte. „Wieso reitet ihr nicht? Und wo ist euer Sattelzeug?"

Die beiden Pferde trugen Zaumzeuge, aber keine Sättel. Ihre Mähnen waren zu Gittern eingeflochten, die Schweife sorgfältig verlesen und shampooniert.

Vanessa lächelte.
„Wir reiten heute nicht mit", sagte sie. „Hagen und ich nehmen nur am Vorführwettbewerb teil. Ferris muss ein bisschen geschont werden. Er ist noch jung. Er soll nicht so viele Turniere gehen."
Emily klopfte Ferris den Hals und nickte. Ferris schob ihr sein weiches Maul in die Hand und schnoberte nach einem Leckerli.
„Und was ist mit dir?", wandte sich Benni an Hagen.
Hagen warf Vanessa einen hilfesuchenden Blick zu.
„Er ist vorgestern beim Training gestürzt." Vanessa senkte die Stimme und zwinkerte. „Leider ist er dabei ziemlich unsanft auf seinem Hintern gelandet und kann deshalb vorläufig nicht im Sattel sitzen."
Emily und Marie prusteten gleichzeitig los.
„Du meinst –" Luca sprach nicht weiter und hob die Augenbrauen.
„Ja, ich hab 'ne fette Prellung am Hintern", brummte Hagen. Seine Ohren wurden ein bisschen rot. „Peinlich, ich weiß. Aber mit dem Reiten ist es momentan echt nichts. Es tut schon weh, wenn ich nur daran denke."
Plötzlich fand Luca den älteren Jungen ziemlich sympa-

thisch. Er nickte verständnisvoll und deutete auf seinen Arm. „So was kann schon mal passieren. Reiten ist eben nicht ganz ungefährlich."

Hagen besah sich den mit Unterschriften verzierten Gips interessiert. „Gebrochen?"

Luca nickte stolz.

„Hatte ich auch schon mal", sagte Hagen. „Sturz in schwierigem Gelände. War echt schmerzhaft."

Im Nu waren die beiden Jungs in ein Fachgespräch über Sportverletzungen aller Art vertieft und übertrumpften sich gegenseitig mit den Beschreibungen der abscheulichsten Blessuren, unter denen sie jemals gelitten hatten.

Marie lächelte. „Wie schön, dass ihr so viele Gemeinsamkeiten habt! Nur blöd, dass ihr heute Konkurrenten seid. Luca startet nämlich auch in der Vorführprüfung." Sie zwinkerte Hagen zu.

Emily konnte sich nicht verkneifen hinzuzufügen: „Obwohl er noch vor kurzem steif und fest behauptet hat, das wäre nur was für Babys!"

„Für blutige Anfänger sozusagen", griente Benni, „die nicht unterscheiden können, wo beim Pferd vorne und hinten ist."

„Hey, das war doch gar nicht so gemeint", versuchte Luca

sich herauszureden. „Ich wollte damit nur sagen, dass –"
Jemand tippte ihm von hinten auf die Schulter und unterbrach seinen Rechtfertigungsversuch.

Luca fuhr herum. Morten stand vor ihm, der Neffe des Försters. Er war ziemlich in die Höhe geschossen, seit sie sich das letzte Mal gesehen hatten.

„Hey, cool!", rief Luca. „Ich dachte schon, du hättest dich verlaufen!"

„Nee, ich doch nicht!" Morten schüttelte den Kopf.

Es gab eine herzliche Begrüßung. Von allen Seiten wurde er mit Fragen bestürmt.

„Wie geht's Bandit?", fragte Emily.

„Wie läuft's sonst so?", erkundigte sich Benni.

„Geht's dir gut?", wollte Marie wissen.

Morten nickte und antwortete in alle Richtungen gleichzeitig.

„Wo bleibt ihr denn?" Wie aus dem Nichts war Sven aufgetaucht. Sein Gesicht war gerötet, als wäre er gelaufen. „Ich hab euch schon überall gesucht und ihr steht hier rum und unterhaltet euch in aller Seelenruhe! Hallo, Vanessa, Hagen, Morten." Er schenkte den Gästen ein zerstreutes Lächeln, bevor er sich an Emily, Luca, Benni und Marie wandte: „Ihr müsst schleunigst zu euren Pferden! Putzen, satteln, aufzäumen. In einer halben Stunde fängt der erste Wettbewerb an!"

„Was?", entfuhr es Marie.

„Hilfe, nein!", rief Emily. „Ich bin noch nicht so weit!"

Benni nahm ihre Hand und zog sie mit sich.

Luca und Marie folgten ihnen im Laufschritt.

Morten ging zu seinen Eltern, um Bandit zu satteln und aufzuzäumen, während Vanessa und Hagen ihre Pferde auf die Gästekoppel führten.

„Wir quatschen später weiter!", konnte Luca gerade noch rufen.

„Ja, wenn alles vorbei ist", fügte Emily düster hinzu. „Und falls ich dann noch lebe …" Sie spürte ihr Herz pochen. In der Magengrube grummelte es.

Lampenfieber, dachte sie. Ich hab eindeutig Lampenfieber!

Emilys Eltern hatten sich als Turnierhelfer gemeldet. Ihre Aufgabe bestand darin, Chaos zu verhindern und aufgeregte Kinder und Pferde zur rechten Zeit an den Ort ihrer Prüfungen zu lotsen. Später sollten sie dann beim

Springen die Zeiten messen, die Startfahne schwenken und heruntergefallene Stangen zurücklegen. Emily vermutete, dass die beiden kaum ahnten, was für schwierige Aufgaben vor ihnen lagen.

Schon im Vorfeld des Vorführ- und Pflegewettbewerbes brach leichte Panik aus. Ein kleines Mädchen hatte seine Eltern aus den Augen verloren und weigerte sich beharrlich, in deren Abwesenheit sein Pferd zum Reitplatz zu führen. „Ich darf das nicht ohne meine Mama!", krähte die Kleine.

„Aber ich helfe dir doch", sagte Emilys Mutter mit einem Anflug von Verzweiflung in der Stimme. „Ich pass schon auf, dass nichts passiert."

„Nein, meine Mama soll kommen!", beharrte das Mädchen und hielt sich eisern am Führzügel ihres Shettys fest.

Emilys Vater schaffte es schließlich, in dem Gewusel auf dem Hof die Eltern des Kindes zu finden, und brachte sie zu ihrer Tochter. Anschließend wischte er sich den Schweiß von der Stirn.

„Gut, dass Emily schon so groß ist", sagte er zu seiner Frau. Genau in diesem Moment hörten sie einen Aufschrei: „Hilfe, wo ist mein Reithelm?"

Emilys Eltern fuhren herum. Die Stimme gehörte eindeutig ihrer Tochter.
Frau Mohr lief auf Emily zu, die neben Toffy stand und ihrem Pferd die Mähne kämmte. „Er liegt im Auto, Schätzchen", sagte sie beruhigend. „Aber du bist doch noch gar nicht dran."
„Ich wollte ja auch nur wissen, wo er ist", fauchte Emily.
Ihre Mutter zog die Stirn kraus. „Bist du etwa nervös?"
„Ich bin überhaupt nicht nervös", knurrte Emily. „Hol einfach nur meinen Helm und lass mich in Ruhe, okay? Ich hab alles im Griff!"
„Davon bin ich überzeugt", murmelte Frau Mohr. Sie beschloss, dem Rat ihrer Tochter zu folgen und sie in Ruhe zu lassen. Rasch holte sie den Reithelm aus dem Wagen, legte ihn oben auf Toffys Sattelzeug und machte sich aus dem Staub.

Benni half Luca währenddessen dabei, Bonito aufzuzäumen und zu satteln. Mit dem eingegipsten Arm konnte Luca das nicht allein schaffen. Er war Benni dankbar für die Hilfe.
„Kannst du ihm auch noch die Hufe auskratzen?", bat er, während er mit der linken Hand das Fell seines Pferdes

überbürstete. „Und anschließend einfetten? Die sollen so richtig krass glänzen!“

Benni nickte. „Gut, dass wir erst gegen Mittag starten. Bis dahin bist du längst fertig und hast die erste Schleife im Sack.“ Er flitzte los, um Hufkratzer und Fett aus der Sattelkammer zu holen. Sein Blick fiel auf ein paar Kartons in der Ecke.

Emily und Marie hatten in den letzten Wochen wirklich ganze Arbeit geleistet. Jeden Tag waren die beiden Mädchen gleich nach der Schule durch die Stadt gelaufen und hatten Ladenbesitzer und Unternehmer um Spenden und Preise für das Turnier gebeten. Fast alle hatten mitgemacht und den Freundinnen kleine, mehr oder weniger nützliche Dinge mitgegeben. Notizbücher waren darunter, Kalender, jede Menge Kugelschreiber; aber auch bunte Halstücher, Teedosen und sogar Trinkbecher aus Porzellan mit Pferdemotiven. Vier große Kisten waren auf diese Weise zusammengekommen – genug, dass jeder Teilnehmer des Turniers mit einer kleinen Erinnerung nach Hause gehen konnte.

Benni beeilte sich, zu Luca und Bonito zurückzukehren. Er musste sich schließlich auch noch um sein eigenes Pferd kümmern.

„Was für ein Stress!“, ächzte er.

Im Gegensatz zu den anderen schien Marie die Ruhe selbst zu sein. Robbie war längst fertig geputzt. Sie hockte sich auf einen Zaun, um sich ein bisschen mit ihm zu unterhalten.

„Du musst über den Sprüngen immer schön die Hufe heben, hörst du?“, erklärte sie ihm gerade. „Sonst fällt die Stange runter und wir tun uns weh.“

Robbie prustete, als hätte er jedes Wort verstanden. Als es in dem Lautsprecher, der über der Stalltür angebracht worden war, knackte und rauschte, spitzten beide, Mädchen und Pferd, die Ohren.

„Die Teilnehmer des Vorführ- und Pflegewettbewerbs finden sich bitte in zehn Minuten auf dem Dressurviereck ein“, erklang Claudias Stimme. Man hörte leise Geräusche im Hintergrund und das hektische Rascheln von Papier.

„Ähm, also ...“, sagte Claudia weiter. „Bitte zuerst die erste Abteilung. Nicht alle auf einmal, wenn's geht.“

Es knackte noch einmal. Dann schwieg der Lautsprecher. Marie hüpfte vom Zaun und grinste. Claudia war wirklich eine tolle Stadionsprecherin! Es würde ein ganz schönes Durcheinander geben, wenn alle Teilnehmer mit ihren Pferden jetzt schon zum Dressurviereck kämen. Zu den einfachen Zügelwettbewerben hatten sich so viele Kinder angemeldet, dass Sven drei Abteilungen einteilen musste.

In der ersten Abteilung sollten die Jüngsten starten, in der zweiten die etwas Fortgeschrittenen mit den größeren Ponys und Kleinpferden und in der dritten schließlich die jungen Reiterinnen und Reiter wie Vanessa, Hagen und Luca mit ihren Großpferden. Das würde ein einheitliches Bild abgeben und die Chancengleichheit für alle erhöhen.

Unterwegs gabelte Marie Emily auf und eilte mit der hypernervösen Freundin im Schlepptau zu den Jungs.

Bonito war gerade fertig geworden. Wie ein frisch poliertes Denkmal stand der Braunschecke in der Sonne und ließ sich von allen Seiten bewundern. Die gefetteten Hufe glänzten. Seine lange, braun und weiß gesträhnte Mähne flatterte frisch gewaschen im Wind. Der fast bodenlange Schweif sah wie eine seidige Schleppe aus.

Luca fuhr dem Wallach mit einem weichen Lappen über die Flanken und gab ihm den letzten Schliff.

„Wow! Siehst du gut aus, Bonito!" Marie strich dem Pferd über die Nase und reichte ihm ein Leckerli, das sie aus ihrer Hosentasche geangelt hatte. Bonito zerknurpselte es genüsslich. „Wie habt ihr ihn so sauber gekriegt? Robbie sieht irgendwie immer schmuddelig und struppig aus, sosehr ich ihn auch striegle und bürste."

„Mach dir nichts draus. Wenn der liebe Gott gewollt hätte, dass es saubere Pferde gibt, hätte er bestimmt Spüli in den Regen getan", meinte Luca.

Benni lachte. „Wir haben Babyshampoo und einen Schwamm genommen. Deshalb duftet er auch so gut. Riecht mal!"

Marie und Emily schnupperten an dem Pferd. Bonito duftete tatsächlich wie frisch gebadet.

„Falls es einen Sonderpreis für das bestriechende Pferd gibt", kicherte Emily, „hast du den schon mal sicher!"

Marie gab Luca ein Küsschen. „Du und Bonito, ihr seid auf jeden Fall das schönste Paar in eurer Abteilung."

„Und was ist mit Hagen und Wundervogel?", fragte Luca.

Marie winkte ab. „Die haben doch überhaupt keine Chance gegen euch!"

Luca nahm sie in den Arm, was sich wegen des Gipses ein bisschen schwierig gestaltete. „Ist das dein Ernst?"

„Klar. Was denkst du denn?", fragte Marie zurück. „Viel Glück und toi, toi, toi!" Sie beugte sich vor und spuckte ihm dreimal über die Schulter.
Luca strahlte. „Jetzt kann nichts mehr schiefgehen. Mit dir als Glücksbringer haben Bonito und ich den ersten Platz so gut wie in der Tasche!"
Bonito hob den Kopf und wieherte selbstbewusst.

Springreiten ist wie Mathe: Manchmal vergaloppiert man sich

„In der Abteilung der älteren Reiterinnen und Reiter gibt es zwei Sieger mit gleicher Punktzahl“, verkündete Sven, nachdem die letzte Abteilung ihre Vorführprüfung beendet hatte. Er machte eine Pause, um die Spannung zu erhöhen, und sagte dann: „Es sind Vanessa Kerber mit Ferris und Luca Masemann mit Bonito. Herzlichen Glückwunsch!“

Im Publikum brach Jubel aus. Alle klatschten begeistert. Emily und Marie strahlten um die Wette. Benni pfiff auf zwei Fingern.

Luca, der mit Bonito in der Mitte des Vierecks stand, trat zusammen mit Vanessa einen Schritt aus der Abteilung hervor. Vanessa klopfte Ferris den Hals und verbeugte sich. Luca machte es ihr nach. Sein Grinsen war so breit, dass es von einem Ohr zum anderen reichte.

„Super, Luca!“, rief Benni.

Marie und Emily umarmten sich und machten einen kleinen Freudentanz.

„Ich hab’s gewusst!“, jubelte Emily. „Sie waren wirklich die Besten!“

Marie kullerte eine kleine Freudenträne über die Wange, als sie nickte. „Ja, das fand ich auch.“

Bei dem Vorführwettbewerb waren der Gesamteindruck der Pferde – wie sie geputzt, gepflegt und gefüttert waren – und ihre Folgsamkeit beim Führen bewertet worden.

Bonito hatte ganz schön angegeben und beim Trab die Hufe gehoben wie ein Pferd der Spanischen Hofreitschule, während Luca mit hochrotem Kopf krampfhaft bemüht gewesen war, mit ihm Schritt zu halten und ja nicht zu stolpern. Die Richter schienen vom Shampooglanz des Scheckenfells schwer beeindruckt gewesen zu sein und hatten Bonito die höchste Punktzahl gegeben. Ferris hatte durch seine geflochtene Mähne und die unerschütterliche Gelassenheit bestochen, die er neben Vanessa ausstrahlte.

Hagen und Wonderbird landeten leicht abgeschlagen auf dem fünften Platz. Wonderbird hatte vor einem Zuschauer gescheut, der mit einer Chipstüte geraschelt hatte. Hagen hatte seinen Schimmel nur mit Mühe beruhigen können, wofür dem Paar einige Strafpunkte abgezogen wurden. Hagen lobte sein Pferd trotzdem. Man konnte ihm ansehen, dass ihm die Prüfung Spaß gemacht hatte.

Unter lautem Beifall nahmen die Sieger ihre Preise entgegen.

Bonito und Ferris bekamen die goldenen Siegerschleifen an ihre Zaumzeuge gesteckt. Luca und Vanessa erhielten jeweils einen Porzellanbecher mit Pferdemotiven.

„Cool!“, griente Luca, als er seinen Becher von Claudia überreicht bekam. „Daraus kann ich ab jetzt mein Bier schlabbern!“

„Du trinkst Bier?“ Claudia ließ fast den Becher fallen.

„Nur Malzbier. Keine Panik“, erwiderte Luca.

Zu Walzerklängen ging es schließlich in die Ehrenrunde. Luca war ziemlich außer Puste, als er das Dressurviereck verließ.

„Jetzt seid ihr dran“, schnaufte er, als er von seinen Freunden im Empfang genommen wurde. „Macht's besser!“

„Worauf du Gift nehmen kannst", erwiderte Benni, ohne zu zögern. „Wir holen nämlich nicht nur eine goldene Schleife, sondern gleich vier. Für jeden von uns eine. Ist doch klar!"

Die Startnummern für das Springen wurden ausgelost. Benni musste mit Möwe den Anfang machen und vor allen anderen an den Start gehen.
Luca hatte Bonito inzwischen schnell abgerieben, ihm eine Extraportion Rübenschnitze vorgeworfen und ihn dann auf die Weide entlassen. Jetzt begleitete er Benni und Möwe bis an die Schranke zum Parcours und gab ihm noch ein paar gute Ratschläge mit auf den Weg.
„Du musst sie die ganze Zeit antreiben. Das ist das Allerwichtigste", meinte er und gab Möwe einen aufmunternden Klaps auf die Kruppe. „Und nicht vergessen: Immer schön geradeaus reiten!"
Benni stöhnte auf, als er mit Möwe einritt und die Richter grüßte. Die Hindernisse kamen ihm plötzlich so hoch vor. Und überhaupt: Wo sollte er in diesem bunten

Wirrwarr von Stangen und Ständern anfangen? Wo war der erste Sprung? Hilfe!
Es war zu spät, um darüber nachzudenken. Die Glocke ertönte. Die Starterfahne senkte sich. Die Zeit lief.
Benni ließ Möwe ruhig angaloppieren und ritt auf das erste Hindernis zu. Er nahm jedenfalls an, dass es das erste war, aber hundertprozentig sicher war er sich nicht.
Möwe nahm den Sprung ohne Probleme und landete weich auf der anderen Seite. Benni atmete auf und strich ihr kurz über den Hals. Er nahm gerade die zweite Hürde ins Visier, als das Glöckchen vom Richtertisch ein zweites Mal bimmelte. Das Publikum hielt den Atem an.
Benni parierte Möwe durch und schaute sich verwirrt um.
„Der Reiter mit der Startnummer eins", ertönte eine Stimme aus dem Lautsprecher über dem Platz, „hat sich verritten und scheidet aus!"
Plong!, machte es irgendwo in Bennis Kopf. Er spürte, dass seine Wangen rot glühten, und verließ den Parcours mit gesenktem Kopf.
Die Zuschauer applaudierten ihm tröstend.
Möwe machte den Hals lang und prustete. Sie schien ein

bisschen erstaunt zu sein, dass sie nur ein einziges Mal springen musste, aber im Gegensatz zu ihrem Reiter machte sie nicht den Eindruck, als wäre sie deswegen enttäuscht. Im Gegenteil, ihre Miene wirkte ausgesprochen zufrieden.

Luca ging Benni entgegen und half ihm beim Absitzen.

„Mann, das war ja ein schneller Ritt!", meinte er. „Ich schätze, so zirka 3,5 Sekunden. Das ist bestimmt neuer Weltrekord. Glückwunsch!"

Benni sagte nichts. Er starrte Luca nur an.

„Sorry", krächzte er schließlich.

Luca winkte ab und bemühte sich, seine Enttäuschung zu verbergen. „Mach dir nichts draus", sagte er. „Das kann dem besten Reiter passieren. Springreiten ist wie Mathe: Da vergaloppiert man sich manchmal."

„So ein Blödsinn!" Marie ritt mit Robbie vorbei. Sie funkelte die Jungs an. „Mann, Benni! Wie konnte das denn passieren? Den Mannschaftspreis können wir jetzt vergessen!"

Benni wollte etwas erwidern, aber ihm fiel so schnell nichts ein. Er war viel zu verdattert.

Marie schüttelte den Kopf, legte die Schenkel an und ritt an den Start.

„Ich hab's echt verbockt", stöhnte Benni auf. „So ein Mist!"
„Stimmt leider", seufzte Luca und klopfte ihm auf die Schulter.

Marie und Robbie legten einen perfekten Null-Fehler-Ritt in Bestzeit hin, der auch noch mit einer hohen Stilnote bewertet wurde.
„Alles klar?", rief Marie Benni im Vorbeireiten zu. „So macht man das!"
Benni wurde immer kleiner. Er sah aus, als wollte er am liebsten im Erdboden versinken. Möwe rupfte unbeeindruckt ein Grasbüschel aus und kaute darauf herum. Als Emily mit Toffy auf sie zukam, hob sie den Kopf und brummelte leise.
Emily führte Toffy am langen Zügel neben sich her.
„Sei nicht so enttäuscht", sagte sie zu Benni. „Es ist keine Schande, sich zu verreiten."
Benni schluckte. Emily gab ihm einen Kuss.
„Ich werde mein Bestes tun", sagte sie lächelnd. „Ich würde mich zwar lieber im nächsten Mauseloch verkriechen, als jetzt zu springen, aber vielleicht überleb ich's ja. Falls ich einen Null-Fehler-Ritt schaffe und Morten und

Bandit nach uns auch, haben wir vielleicht noch eine Chance. Wünsch mir Glück!"

„Hals- und Beinbruch", wünschte Benni ihr, weil das unter Reitern so üblich war.

Emily nickte ihm entschlossen zu und ritt davon.

„Stimmt das?", wandte sich Benni an Luca, als sie weg war. „Haben wir wirklich noch eine Chance?"

Luca nickte. „Logo. Der schlechteste Ritt jedes Teams wird gestrichen und fällt aus der Wertung heraus. Emily und Morten können noch alles klarmachen. Daumen drücken! Aber richtig rum!" Er grinste.

Benni auch.

Emily schaffte einen Null-Fehler-Ritt. Der kleine Toffy nahm die Hindernisse, ohne ein einziges Mal zu zögern. Atemlos, in neuer Bestzeit, ohne Fehler und mit einer sehr guten Stilnote kehrte Emily aus dem Parcours zurück. Sie konnte ihr Glück kaum fassen.

„Ist es echt schon vorbei?", fragte sie. Ihre Augen strahlten.

Luca und Benni nickten.

„Wow!", sagte Benni nur.

„Mädchen können so was eben besser!" Marie war hin-

zugekommen. Sie warf den Jungs einen giftigen Blick zu, während sie Emily gratulierte.
Benni zuckte zusammen.
„Hoffentlich nicht“, erwiderte Luca trocken. „Unser letzter Reiter ist kein Mädchen. Schon vergessen?“
Marie machte ein Geräusch, das wie „Pfft!“ klang.

Morten saß ziemlich blass und nervös in Bandits Sattel. Dass die ganze Verantwortung jetzt auf ihm lag, behagte ihm ganz und gar nicht.
„Wenn ich patze, ist alles vorbei!“, sagte er. „Dann landen wir ganz weit hinten!“
„Blödsinn. Du packst das!“, munterte Benni ihn auf.
„In Reithosen mit Vollbesatz ist für Angstgefühle jetzt kein Platz“, dichtete Luca gekonnt.
Marie verdrehte die Augen. Emily klopfte Bandits Hals.
„Heb immer schön die Hufe hoch, hörst du?“, flüsterte sie ihm ins Ohr.
„Und fang bitte mit dem ersten Hindernis an“, fügte Marie hinzu. „Es wär echt zu peinlich, wenn sich noch einer von uns verreiten würde!“
„Jetzt hör endlich auf!“ Benni konnte es nicht länger ertragen. „Es war keine Absicht, okay? Ich entschuldige

mich für meinen blöden Ritt. Aber halt endlich die Klappe!"

Einen Moment lang herrschte betroffenes Schweigen. Marie und Benni starrten sich an. Schließlich wandte Marie den Blick zur Seite. Sie holte tief Luft und schluckte.

„Du hast Recht", sagte sie. „Tut mir leid. Ich hab's nicht so gemeint. Ich bin nur so schrecklich nervös!"

Benni zog die Augenbrauen zusammen. „Das sind wir alle", brummte er, aber es hörte sich versöhnlich an.

„Ähm, ich glaub, ich muss los", wandte Morten schüchtern ein. „Das Glöckchen hat schon zweimal gebimmelt."

„Was?" Luca fuhr herum. „Sieh zu, dass du in die Hufe kommst, sonst wirst du auch noch disqualifiziert!"

Morten legte die Schenkel an und trabte mit hochrotem Kopf in den Parcours.

Mit angehaltenem Atem verfolgten die Freunde seinen Ritt.

„Ich wusste gar nicht, dass er so gut ist!", raunte Luca nach den ersten Galoppsprüngen beeindruckt.

Sprung um Sprung überwanden Morten und Bandit die Hindernisse. Mortens Sitz war perfekt. Er erlaubte sich keinen Fehler und war richtig schnell.

„Rum und weiter“, murmelte Luca vor sich hin, „lieber tot als Zweiter!“

Als Bandit beim letzten Sprung die obere Stange berührte, kniff Emily die Augen zusammen. Erst als um sie herum lauter Jubel ausbrach, traute sie sich wieder hinzuschauen.

„Null Fehler“, erklang es aus dem Lautsprecher, „in der zweitbesten Zeit des Tages. Stilnote 9,5. Damit übernimmt das Team vom Brombeerhain die Führung im heutigen Mannschaftsspringen.“

„Wir haben's geschafft!“, jubelte Luca. Er fuchtelte vor lauter Begeisterung wild mit seinem Gipsarm herum und traf Benni damit am Kopf.

„Autsch!“, protestierte Benni und lachte.

Emily und Marie hüpften wie zwei Flummis auf der Stelle. Als Morten auf sie zuritt, nahmen sie Bandit in ihre Mitte und überschütteten ihn mit Streicheleinheiten. Emily gab ihm ein Leckerli, das Bandit knurpselnd zerbiss. Er stupste sie an und wollte mehr.

Morten saß ab. „Das war echt krass!“, sagte er. Seine Wangen waren gerötet.

„Ich finde, wir waren alle nicht schlecht, oder?“ Marie zwinkerte Benni zu. „Deine kleine Showeinlage hat mich zwar fast umgehauen, aber irgendwie war's witzig. Jedenfalls im Nachhinein." Sie reichte Benni die Hand. „Sorry noch mal, dass ich vorhin so sauer auf dich war."

„Schon vergessen." Benni nahm ihre Hand und schüttelte sie feierlich.

Bandit scharrte mit dem Huf.

„Lasst uns zu den Pferden gehen", drängelte Luca. „Ich glaub, wir müssen gleich zur Siegerehrung!"

„Hilfe!", rief Emily. „Hoffentlich hat Toffy sich nicht im Gras gewälzt!"

Die anderen lachten.

„Und wennschon", grinste Benni. „Ein Champion darf sich ruhig mal wälzen. Das hat er sich schließlich verdient!"

Leider kam Robert Neelsen, Mortens Onkel, viel zu spät zur Siegerehrung. Das Turnier war längst zu Ende. Emily, Marie, Benni, Luca und Morten hatten ihre Pferde versorgt, sie mit Leckerbissen verwöhnt und schließlich auf die Weide gebracht. Dann hatten sie noch beim Aufräumen des Turnierplatzes geholfen und sich von Vanessa,

Hagen und den anderen Turniergästen verabschiedet. Jetzt saßen sie auf einem umgestürzten Baumstamm am Rande des Hofes und unterhielten sich. Claudia hatte ihnen Limo und belegte Brötchen gebracht.

„Entschuldigung!“, rief der Förster schon von weitem, als er aus seinem Jeep stieg. „Ich bin aufgehalten worden. Hab ich was verpasst?“

„Allerdings“, erwiderte Benni grinsend. „Das große Finale!“

„Und unseren Sieg im Mannschaftsspringen!“ Marie sprang von dem Baumstamm ins Gras.

Luca hatte seine goldene Schleife am Gips befestigt und betrachtete sie immer wieder voller Stolz.

Robert Neelsen gratulierte reihum, während Morten ihm in allen Einzelheiten seinen Siegerritt schilderte.

„Ihr seid wirklich ein tolles Team!“, lächelte der Förster. „Euer erstes Turnier – und dann gleich so ein Erfolg! Hoffentlich hat Sven daran gedacht, Fotos zu machen.“

„Ja, hat er“, erwiderte Emily. „Meine Eltern haben auch geknipst. Und ein tolles Video von unserer Ehrenrunde gedreht.“

„Super“, sagte Robert Neelsen. „Und was plant ihr als Nächstes?“

Emily, Marie, Luca und Benni wechselten einen Blick.
„Ich glaub, wir ruhen uns erst mal aus." Emily streichelte Rasmus, der um sie herumwuselte und im Gras schnüffelte.
„Das Springen hat echt Spaß gemacht", nickte Marie. „Aber mein Bedarf an Turnieren ist erst mal gedeckt. Das macht ja so einen Stress, man glaubt es nicht!"
Luca und Benni stimmten ihr zu.
„Dann habt ihr also wieder Zeit und Lust, euch um die Jährlinge zu kümmern?", fragte Mortens Onkel.
„Klar!" Luca wedelte mit seinem Gipsarm. „Ich darf erst in zwei Wochen wieder reiten. Bis dahin geh ich mit Bonito nur spazieren und hab zwischendurch jede Menge Zeit für die Fohlen."
„Klasse!" Herr Neelsen verabschiedete sich. Er wollte noch zu Sven und Claudia. Morten begleitete ihn. Marie, Emily, Luca und Benni winkten ihnen hinterher.
„Morgen ist Sonntag", sagte Benni. „Wollen wir nicht alle zusammen einen Spaziergang mit den Pferden machen? Ich finde, sie haben sich nach dem Turnier einen Ruhetag verdient."
„Logo", sagte Luca sofort.

„Au ja!“, rief Emily. „Wir machen einen echten Wellnesstag!“

„Ich bin mir nicht sicher, ob Bonito auf Schönheitsmasken steht“, erwiderte Luca nachdenklich.

Marie knuffte ihn in die Seite. „Du musst ihm ja nicht gleich Gurkenscheibchen auf die Nase legen oder ihm Blümchen in die Mähne flechten.“

„Nicht?“, fragte Luca. „Dann bin ich dabei!“

„Wir treffen uns um elf im Stall!“, schlug Emily vor.

„Wo denn sonst?“, grinste Marie.

Ein Walross im Wald

Pünktlich um elf trafen sich Emily, Marie, Luca und Benni am nächsten Vormittag im Stall. Es nieselte leicht und war bedeckt, aber Luca war optimistisch.
„Das hört gleich auf“, meinte er und zeigte durch das Stallfenster auf den Horizont. „Dahinten kommt schon die Sonne raus.“
Wie auf Kommando zogen die Wolken weiter. Dahinter kam blitzblauer Himmel zum Vorschein.
„Super! Das hast du gut gemacht“, sagte Marie und gab ihm einen Kuss.
Luca rieb sich die Wange und grinste.
Sie holten die Zaumzeuge und ihre Putzkisten aus der Sattelkammer. Dann liefen sie zu den Pferden.
Möwe, Toffy, Robbie und Bonito hatten die Nacht auf der Koppel verbracht. Sie hoben die Köpfe. Möwe spitzte

die Ohren und wieherte. Bonito schlug mit dem Schweif. Robbie und Toffy drehten sich einfach um und grasten weiter.
„Sehr begeistert sehen die aber nicht gerade aus“, stellte Marie fest und blieb stehen.
„Vielleicht wäre ihnen ein Ruhetag lieber“, meinte Benni.
„Quatsch, Ruhetag“, brummte Luca. „Als ob spazieren gehen Stress ist!“
„Hey, kommt her!“, rief Emily den Pferden zu und öffnete das Gatter. „Heute werdet ihr verwöhnt!“
Die vier Freunde schlüpften durch das Tor und gingen auf die Pferde zu. Im Nu hatten sie sie eingefangen, ihnen die Zaumzeuge übergestreift und sie auf den Putzplatz geführt.
Marie half Luca, die Schnallen an Bonitos Kinn- und Kehlriemen zu schließen.
Sie waren gerade dabei, ihre Vierbeiner zu striegeln und ihnen die Hufe auszukratzen, als die Tür des benachbarten Wohnhauses geöffnet wurde. Sven und Claudia schoben ihre Köpfe heraus. Sven hielt einen Kaffeebecher in der Hand.
„Guten Morgen!“, rief er.

„Moin!“, rief Luca zurück und winkte mit seinem Gipsarm.
„Wollt ihr ein bisschen Proviant mitnehmen?“ Claudia hielt einen Rucksack hoch. „Ich hab euch belegte Brötchen und Salat eingepackt. Obst und Saft gibt's auch. Vielleicht habt ihr ja Lust auf ein kleines Picknick.“
Sie ging Emily entgegen, die ihr den Rucksack abnahm und sich bedankte. „Das ist ja cool! Vielen Dank. An ein Picknick haben wir überhaupt nicht gedacht.“
Sven trank einen Schluck Kaffee und grinste, bevor er zu den Pferden ging und Robbie durch die Mähne strubbelte.
„Macht euch einen schönen Tag“, sagte er und streckte sich. „Den habt ihr euch verdient.“
„Kommt doch mit“, schlug Benni vor, aber Claudia und Sven schüttelten die Köpfe.
„Wir haben hier noch genug zu tun“, erwiderte Sven. „Wenn man einen Stall voller Pferde hat, gibt's keinen freien Tag.“
„Nicht mal sonntags?“, fragte Marie.
„Nö“, lachte Claudia. „Aber das ist in Ordnung. Wir wussten schließlich vorher, dass ein eigener Reiterhof

eine Menge Arbeit macht. Dafür haben wir den ganzen Tag mit Pferden zu tun. Das wiegt es wieder auf.“

Toffy stupste sie mit der Nase an, als wäre er ihrer Meinung.

Eine halbe Stunde später lachte die Sonne. Die Wolken hatten sich verzogen. Die vier Freunde machten sich auf den Weg.

Sven und Claudia winkten ihnen hinterher, als sie den Hof verließen und im Gänsemarsch den Feldweg einschlugen, der zum Wald führte.

Luca spazierte mit Bonito an der Tete. Der Schecke mochte es nicht, wenn ein anderes Pferd vor ihm ging.

Hinter ihm trug Benni den Rucksack mit dem Proviant.

Er hielt Möwes Zügel in einer Hand und sprach leise mit der Stute. Möwe bummelte zufrieden neben ihm her und schnappte ab und zu nach einem Grashalm oder einem dürren Zweig.

Hinter Möwe marschierte Emily mit Toffy. Marie und Robbie bildeten das Schlusslicht.

„Wohin wollen wir eigentlich?“, rief sie nach vorne.

„Keine Ahnung." Emily zuckte mit den Schultern und gab die Frage weiter.
Luca wandte den Kopf nach hinten. „Erst mal in den Wald und dann an den See?"
„Au ja!" Emily freute sich. Toffy mochte den See. Er liebte es, im flachen Wasser herumzuplanschen. Bestimmt war einer seiner Vorfahren ein Seepferdchen. Emily kicherte bei der Vorstellung.
Als sie den Waldrand erreichten, konnten sie ihre Pferde zu zweit nebeneinander führen. Der Waldweg war breit und weich. Die Pferde setzten ihre Hufe so leicht auf, als liefen sie auf Daunen. In den Bäumen zwitscherten Vögel. Irgendwo hämmerte ein Specht. Ein Eichhörnchen keckerte. Die Sonnenstrahlen, die durch die Äste fielen, malten goldene Kringel in die Luft und sprenkelten den Boden. Marie holte tief Luft. „Ist das schön hier!"
Emily stimmte ihr zu. Zwischen all den hohen Baumstämmen fühlte sie sich fast wie in einer Kirche. „Und es riecht so gut!"
Auch den Pferden schien es im Wald zu gefallen. Mit gespitzten Ohren schritten sie neben ihren Besitzern her und beäugten die Umgebung mit großen Augen. Möwe stupste Benni in die Seite. Benni lächelte.

Als ein Eichhörnchen vor ihm über den Weg huschte, trippelte Bonito geziert seitwärts.
„Hey, du hast doch wohl keine Angst vor so einer kleinen Baumratte!“, schimpfte Luca.
„Eichhörnchen sind keine Ratten!“, rief Marie von hinten.
„Ich meinte ja nur die Größe!“, rief Luca zurück.
„Hört auf, euch zu streiten“, mischte Emily sich ein, „und genießt den Tag!“
„Genau!“ Benni rückte den Rucksack zurecht. „Benehmt euch!“
Emily und Marie kicherten, als Luca den Kopf hob und „Tschüss, du kleines Hörnchen!“ rief.
Das Eichhörnchen hing kopfüber an einem Baum und musterte ihn neugierig und ein bisschen kritisch. Luca winkte ihm zu. Es verbarg sich blitzschnell hinter einem herabhängenden Zweig.
„Dahinten ist der See!“, rief Emily plötzlich und zeigte nach vorne. „Ich kann ihn schon glitzern sehen!“
Toffys Nüstern weiteten sich, als würde er das Wasser wittern. Er drängte energisch vorwärts. Emily fasste die Zügel kürzer und redete beruhigend auf ihn ein.
„Du und dein Seepferd“, grinste Marie.

Der Weg beschrieb einen leichten Bogen. Das Glitzern verschwand hinter den Tannen. Dann öffnete sich der Pfad zu einer Lichtung und gab den Blick auf den kleinen See frei.

Die Freunde hielten ihre Pferde an und blieben stehen. Toffy machte den Hals ganz lang. Seine Flanken bebten, als er wieherte. Emily legte ihm eine Hand auf die Schulter und lachte.

Sie mussten einen flachen Hang hinabsteigen und fanden schließlich eine geschützte, grasbewachsene Stelle direkt am Ufer. Benni nahm den Rucksack ab und ließ ihn zu Boden gleiten. „Perfekt!“, stellte er fest.

Luca nickte zufrieden.

Sie verknoteten die Zügel ihrer Pferde so, dass sie nicht hineintreten konnten, dann ließen sie sie einfach bummeln.

„Die laufen schon nicht weg“, meinte Luca.

Emily war sich da nicht so sicher.

„Ich geh erst mal mit Toffy ans Wasser“, meinte sie. „Sonst gibt er doch keine Ruhe.“

Während Robbie, Bonito und Möwe zufrieden am Gras knabberten, war Toffy kaum noch zu halten, so sehr drängte er ans Wasser. Als Emily ihn ans Ufer führte und ihm die Zügel lang ließ, senkte er den Kopf und trank mit langen Zügen.

„Pass auf, dass er nicht den ganzen See austrinkt!", rief Benni. „Sonst hocken die Frösche und Molche im Trockenen!"

Emily schlüpfte lachend aus Schuhen und Strümpfen und krempelte ihre Hosenbeine hoch. „Ich pass auf!", versprach sie.

Als Toffy seinen Durst gestillt hatte, watete er in das flache Wasser. Er setzte die Hufe vorsichtig auf, blieb nach wenigen Schritten stehen, senkte erneut den Kopf und prustete. Die Wasseroberfläche kräuselte sich.

Emily legte eine Hand auf Toffys Schulter und spürte die Wärme, die von seinem Fell ausging. Sie lächelte glücklich. Wenn Toffy zufrieden war, so wie jetzt, war sie es auch. Alles andere zählte nicht.

Toffy trank noch einmal, dann hob er den Kopf und lauschte. Wasser troff von seinem Maul. Irgendwo klopfte der Specht. Von dem Eichhörnchen war nichts mehr zu sehen. Toffy wurde mutiger. Er stellte die Ohren auf, hob einen Vorderhuf und fing an, im Wasser herumzuplanschen. Emily bekam ein paar kalte Spritzer ab und nahm die Zügel kürzer.

„Wehe, du legst dich hin!“, warnte sie ihr Pferd noch, da knickte Toffy schon in der Vorderhand ein und ließ sich grunzend nieder. Emily sprang schnell zur Seite und brachte sich am Ufer in Sicherheit. Die Zügel behielt sie in der Hand, damit Toffy sich nicht darin verhedderte.

Toffy wälzte sich genüsslich hin und her, stemmte anschließend die Vorderbeine in den Seegrund und blieb wie ein großer Hund auf seinem Hinterteil sitzen. Marie klatschte begeistert Beifall. Benni zückte sein Handy und machte ein Foto. Emily grinste schief.

„Oh, Mann …“, sagte sie. „Dein Opa muss echt ein Walross gewesen sein!“

„Doch kein Seepferdchen?“, fragte Benni. Er kam näher und machte noch ein Foto von Emily und Toffy.

„Nee, die sind viel zu niedlich und zu zierlich“, entgegnete Emily. „Toffy stammt eindeutig von einem dicken Walross ab!“

„Ein echtes Walross-Ross!“, rief Luca. „Die Rasse würde ich mir patentieren lassen!“

Endlich beendete Toffy sein Bad und stand umständlich auf.

„Pass auf!“, konnte Emily Benni gerade noch zurufen.

Zu spät. Toffy trottete ans Ufer, blieb dort stehen und schüttelte sich vom Kopf bis zum Schweif. Benni bekam eine prächtige Dusche ab.

„Uaah!“, entfuhr es ihm. Er triefte, tropfte und fluchte. „Hoffentlich ist dein Pferd versichert. Wenn mein Handy hin ist, dann –“

Er kam nicht dazu, seinen Satz zu beenden. Emily fiel ihm kichernd um den Hals und gab ihm einen Kuss. „Ist doch nur Wasser. Stell dich nicht so an“, grinste sie.

Toffy ging zu den anderen Pferden, als wäre nichts geschehen. Emily verknotete schnell seine Zügel, damit er nicht hineintrat, und ließ ihn dann grasen.

Benni wrang sein T-Shirt aus und legte das Handy zum Trocknen auf einen Baumstumpf, bevor er sich zu Luca und Marie ins Gras fallen ließ. Emily hockte sich neben ihn.

„Hunger? Durst?“, fragte sie und öffnete den Rucksack.

„Immer her damit!“, rief Luca. „Ich bin kurz vorm Verhungern!“

Emily packte die Brötchen aus und stellte eine große Saftflasche daneben. „Hier ist auch noch eine Schüssel mit Kartoffelsalat“, sagte sie. „Und ein paar Äpfel und Möhren für die Pferde.“

„Cool!“ Marie schnappte sich einen Apfel und biss hinein.
„Und was ist mit deinem Pferd?“, fragte Luca.
„Robbie kriegt das Kerngehäuse“, antwortete Marie. „Das mag er sowieso am liebsten.“
Emily nahm sich ein Brötchen, lehnte sich mit dem Rücken gegen einen Baumstamm und seufzte behaglich. „Heute ist echt ein toller Tag, findet ihr nicht?“
„Allerdings“, bestätigte Benni. „Besonders nach dem ganzen Stress in der letzten Zeit. Unser Springtraining, die Turniere, Lucas Unfall … Ich bin froh, wenn wieder ein bisschen Ruhe einkehrt.“
„Ich auch“, nickte Marie.
„Echt jetzt?“, fragte Luca erstaunt. Er brach einen dünnen Zweig ab und kratzte sich damit unter dem Gips. „Also, ich warte nur darauf, dass dieser blöde Gips endlich abkommt!“
„Und dann?“, fragte Marie.
„Dann geht's richtig los! Unser Turnier war erst der Anfang.“ Luca öffnete die Saftflasche und trank einen großen Schluck, bevor er die Flasche weiterreichte. „Ich hab da schon so ein paar Ideen.“
Marie, Emily und Benni stöhnten gleichzeitig auf.

„Bitte nicht schon wieder ein Springturnier!“, flehte Emily. „Diesen Stress halte ich so schnell nicht noch mal aus.“
„Wer redet denn von einem Turnier?“ Luca grinste geheimnisvoll. Marie knuffte ihn in die Seite.
Benni legte sich ins Gras und blinzelte in die Sonne. „Ich bin mal neugierig, wie’s mit uns und unseren Pferden weitergeht“, meinte er. „Ihr nicht?“
Emily legte sich neben ihn und schloss die Augen.
„Doch“, sagte sie lächelnd. „Und wie!“
So sollte es immer sein, dachte sie. Nur wir und unsere Pferde.
Sie schlug die Augen auf und lächelte den anderen zu. Marie, Benni und Luca lächelten zurück, als wüssten sie genau, was sie dachte.

Schnüffeln TOTAL verboten!

Rachel Renée Russell
DORK Diaries, Band 1:
Nikkis (nicht ganz so) fabelhafte Welt
304 Seiten
Taschenbuch
ISBN 978-3-551-31208-2

Das Leben kann so gemein sein!
Nikki ist die Neue an der Schule und hat ein Handy aus der Steinzeit. Alles Betteln um ein iPhone hilft nichts, stattdessen schenkt ihr ihre Mutter ein Tagebuch!
Wie PEINLICH!
Widerwillig fängt Nikki an, Seite um Seite mit Zeichnungen und verrückten Alltagsgeschichten zu füllen, denn ihr Leben ist eine einzige KATASTROPHE!
Inklusive neuer Freundinnen, neuer Feindin, neuem Schwarm und nervtötender kleiner Schwester …

CARLSEN

www.carlsen.de